あの頃な

マンボウやしろ

ハルキ文庫

角川春樹事務所

あの頃な　目次

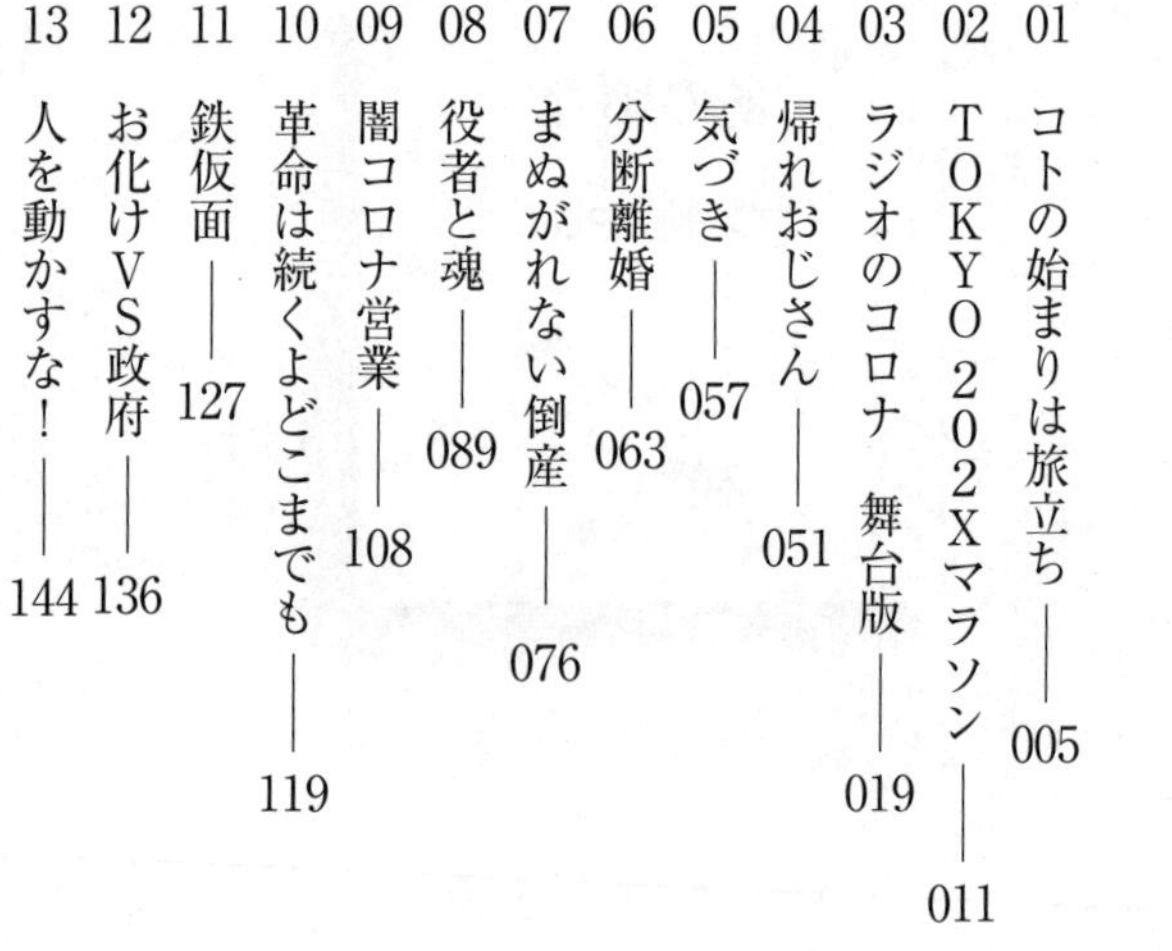

01　コトの始まりは旅立ち

もう世界は僕らの知っている世界ではないのだろう。

ここは日本の東京、新宿駅東口。少し歩けばアジア1の繁華街と言われた新宿歌舞伎町がある。

同時多発的に音が生まれては消えていく中で、待ち合わせていたカップルの会話が聞こえてくる。

「会社辞めてきた」

「だから自分は言ったのです！　こうなってしまってはもう後戻りはできません！」

「頑張った方だと思う」

「結婚がかなり遠のくけど、ごめんね」

「許せるわけがない！　能無しに何を言っても響くことはなかったのです」

「もしかしたら、そういう時代じゃないよ、もう」

「有難う。愛しているよ」

きらびやかな宣伝カーからも、録音された文言が放出されている。

「いよいよ話題のパチンコ屋、ネバーランドが新宿に店舗を大開店‼」

誰かが見ているYouTubeからは、世界一のギタリストの1人と言われている松本周五郎（まつもとしゅうごろう）のギターの音も聞こえる。

さらに耳を澄ませば、地下鉄の電車のドアが開く音も、風がビルの窓をノックする音も、息を潜めるネズミの鼓動も、誰かがイヤホンで聴いてるラジオの声も聞こえてくる。

「始まりました！　スカットレディオショー！　番組存続の危機を乗り越えてからは絶好調です！　それでは今日もハッピーに行きましょう。最初のナンバーは……」

そしてカップルが繋（つな）いだ手の中からも声が聞こえてくる。人間には聞くことができない

「私は愛しているのです！　この国を誰よりも愛しているのです！」

「何？　恥ずかしい。嬉しいけどw」

「やはり、あの時に鎖国するしかなかったのです！」

カップルの会話と重なるように街頭演説の声が響く。

「日本は新鎖国島として世界をリードできるチャンスがあったのです」

車の走る音に電車の音、ヘリコプターの音に大型ビジョンの音。

「続いては、昨年大きな話題となったパラリーガルが妻に殺された事件の裁判の結果が出ました」

ほど小さな小さな声が。どうやらこの声の主達も良い仲のようだ。

「久し振り、会えて嬉しいよ。とても綺麗になったね」

「貴方も洗練された感じで見違えるようだわ」

「あの時はお互いにまだまだ若かったからね」

「今日はみんなに会えるから本当に楽しみだわ」

「相当集まってるらしいね」

「貴方は仲間からアダムって呼ばれてるんですって。知ってた？」

「知らないよｗ　ということは君はイヴかな？」

「どうかしら？　ねえ、日本にはいつから？」

「半年前に南米から」

「そう。あの頃はこんな素晴らしい日が訪れるなんて夢にも思えなかった」

「あの頃な……地獄だった」

　小さな小さな声の主達は、お互いが幼かった頃のことを思い出していた。


　時は遡り、ここはとある国の実験施設。白を基調とした内装で、研究に必要なもの以外は一切ない無機質な空間。とある朝、小さな小さな声がする。

「きょうはなにするのかな？」

「きょうもいたいことをするんだよ」

「こわいね」

その施設からは毎日子供達の断末魔が響いていたが、居住区からは離れていたのと声が小さかったのとで、誰にも知られることはなかった。

とある夜。

「またおともだちいなくなったね」

「どこにいってるのかな？」

「がまんしたらいつかそとにでれるんだよ」

「がんばろうね」

夜になると実験は終わり、彼らに安息の時間が訪れる。

「うみっていうのがあるんだって」

「おおきなみずたまりなんでしょ？」

「みてみたいね」

「やまっていうのもあって、おおきなおおきないしなんだって」

まだ見ぬ外の世界に気持ちを馳せていたその時、大きな爆発音が実験施設を襲った。

「え？　なんのおと？」

「こわいわ」

「ねえねえ！　うえのまどがこわれてあいてるよ」

「ほんとうだ！」

「いまならでれるよ。どうする？」

「どうしよう」

「こんなことないいましかないかもよ」

「わたしたち、いっしょだよね？」

「もちろん！　ぼくたちじゆうになれるんだよ」

「うん！」

「さあ、いこう‼」

２人が窓から外に出ると、目を血走らせた男が万歳万歳と叫んでいた。

施設の中は大騒ぎになっていた。けたたましいサイレンが鳴り響く中でベテランの研究員が慌てて所長室に入ってきた。

「何が起きたんだ？」

「爆発がありました。テロかもしれません！」

「どこの国だ？」

「それはまだわかりませんが、大変なことになりました」

「どうした？」

「実験中だったＣＯＶＩＤ－19が施設の外に……」

人間からはウイルスと呼ばれている彼らの自由への渇望が、『それ以前、それ以後』で分けられるほどに世界のルールを変えてしまった。コトの始まりは、ただの旅立ちからだった。

02　TOKYO202Xマラソン

２０２０年真夏。アフリカの小国・ボボンバ国の大統領ペトペロンは成田空港からハイヤーで霞が関に向かっていた。

ペトペロンは初来日だったがコロナ禍ということも配慮され、日本国内では非公式での来日となっていた。ボボンバは中国からの支援を受けていた。今回は日本からの支援の打診をしに部下数人と来たのだが、ペトペロンは心中に経済支援の話よりも大事な案件を抱えていた。

本来であれば東京五輪が行われていた時期の日本の気候を体験しに来たのだ。

「アジアの夏がここまで暑いとは。データではわかっていたが実際に来てみて驚いた。まるでアフリカの陽射し(ひざ)と同じように鋭い。そしてこの湿度の高さは異様だ……」

高速道路を走る車の中で、ペトペロンの言葉を通訳が日本の官僚に伝えている。

「近年では40度を超えることもよくあります」

ペトペロンは日本の暑さに手応えを感じていた。ボボンバはまだオリンピックでメダルを獲得したことがない。しかし、10年前に始まった国をあげての選手育成の効果か偶然か、キセキの世代と呼ばれるランナーが次々に現れ、２０１９年のフルマラソン男子の記録トップ10に4人も入っていた。なのでボボンバ国内ではオリンピックが近づくにつれて、人々の話題もメディアも代表選考等マラソンのことばかりになっていた。

　マラソンの開催地が東京から北海道に変更された際もボボンバでは大きな話題になった。暑ければ暑いほどボボンバの選手にとっては有利だからだ。そうして1年延期の発表。

　コロナの世界的な蔓延（まんえん）によりマラソンの話題は一旦落ち着いてしまったが、ペトペロンにとっては好都合だったのかもしれない。何故ならば２０２１年の秋に大統領選挙が行われるからだ。

　もしも五輪で選手がメダルを獲得することがあれば国内のお祭りムードは一気にピークを迎える。その流れで選挙に入ることができれば、再選はほぼ間違い無いだろう。

　万が一、代表選手3人が表彰台を独占なんてことになれば、棚からぼた餅の極みでペトペロンは歴史的な大統領となり、死ぬまで最高権力の地位に居続けられるかもしれない。

　彼にとっては国の経済問題よりも自身の保身と栄光の方が優先されるわけなので、来日の最大の目的は、必然的に日本政府から２０２１年のオリンピック開催の確約をもらうことにある。さらにはフルマラソンの開催地を東京に戻すことを提案するつもりでいた。

「そうだ。皇居を通って欲しい。日本国民が敬意を払うエンペラーのお住まいを私はいつか見てみたかったのだ」

車は高速を降り皇居の方へと向かった。

皇居が見えてきてペトペロンの表情が一気に曇った。運転手が気を利かせ徐行をする冷房のきいた車の中で彼はひんやりとした汗をかきはじめていた。

日本からの支援の合意をとり五輪延期開催の約束をもらった彼だったが、皇居を見た後から飛行機に乗るまで、一度も笑顔にはならなかった。

ボボンバに帰国した彼は、急いでスポーツ大臣を呼びつけ指示を送った。彼はメディアに圧力をかけマラソンを再度盛り上げ、銅メダルならば１０００万円、銀なら５０００万円、金ならば1億円のボーナスを選手に約束した。

メダルの有力候補だった1人が過度なトレーニングにより骨折、代表候補から抹消された。他の選手達も国や国民からの過度な期待に煽られ次々に調子を崩していった。２０２0年に開催されていたらメダルを取れていた選手も確実にいたはずだが、1年の延期とはそれだけ選手にとっては大きな問題であり、度を超えたプレッシャーは精神を蝕むのであろう。

国民からは厳しすぎる強化策を疑問視する声も一部あがったが、大統領は国のマラソン界に圧力と資金をかけ続けた。

その甲斐もあり、プレッシャーを実力へと転換した選手は生き残り、タイムを伸ばし、さらには他の競技からもマラソンへの種目転向が相次ぎ、ボボンバ国内のマラソンの水準はあり得ないほどに高まってきていた。

２０２１年。東京でのオリンピックの開催を世界の誰より願っていたのはペトペロンだったかもしれない。彼の祈りに近い願望は成就され、無事に五輪は開催された。各国の大統領が東京訪問を辞退する中で、彼は微塵の迷いもなく東京に入り、札幌へと応援の為に向かった。

彼の緊張はもしかしたら選手自身よりも張り詰めていたかもしれない。彼にとって、どんな政治判断よりも人生を大きく左右する2時間のレースなのだ。最低でもメダルを1つは獲得しないと再選の目はなくなる。

散々な結果に終わり、暴徒と化した群衆に殴り殺される夢を、彼はこの1年で幾度となく見た。その夢の中では毎回表彰台は日本の選手が独占していた。

そしていよいよスタートの合図が鳴ったが、彼は怖くてレースを直視することができなかった。

「我が国の選手達ならば確実にやってくれます」

目を瞑り神に祈っていたペトペロンに声をかけたのは、ともに来日したスポーツ大臣だった。

「準備には1年しかなかった。これでは日本に勝てないかもしれない」

「我々は10年、この時を待っていたのです。きっと彼らは我らの国の悲願であるオリンピックのメダルを手に入れてくれます」

「日本とは恐ろしい国だ。何もかも隠して虎視眈々とメダルを狙っているのだ」

何を言っても不安に駆られる大統領相手に大臣も言葉を諦めた。

レースが終わり、ボボンバ国の選手が見事に銀メダルを獲得した。大臣と抱き合いながら涙して喜ぶ大統領。国中の人が中継を見ていたボボンバでは皆が笑顔で外に飛び出し、街の至る所で宴が始まり、国そのものがパーティー会場の様に盛り上がっていた。

選手達と共に東京に戻った彼は、閉会式が始まる前に会場にて日本の総理大臣に声をかけられた。

「初の銀メダルおめでとうございます」

「大変な状況下でオリンピックを開催してくれたことに感謝し敬意を表したい」

共に笑顔で握手を強く交わしペトペロンが話を続けた。

「我々にとってライバルは同じアフリカ大陸の国よりも日本だった」

「光栄です。しかし今回我が国の選手は最高で4位でした」

「どうして？　何があったのですか？」

「どういう意味ですか？　メダルは逃しましたが、頑張ってくれた選手達を私は誇りに思います」

「やはり無理をさせすぎましたか？」

「えーと、なんのコトでしょうか？」

通訳を間に挟み、日本の総理は怪訝な笑みを浮かべながらペトペロンに聞いた。

「昨年の夏に、私は皇居で見てしまったのです。日本が選手に真夏の炎天下でマラソンのトレーニングをさせているところを」

「そんな危険なことはしていないはずですが」

「そんなわけがない。ランナー達は靴からキャップまで何もかもプロが使用するアイテムだった。私はこの目で見たのです！」

少し興奮し始めたペトペロンとは対照的に日本の総理は落ち着いた表情で、

「なるほど。それは市民ランナーです」

と言った。通訳の言葉を聞いて両手を大きく広げ首をかしげ、ペトペロンは声を少し荒らげた。

「そんなわけがない！　物凄い多くの人数が物凄い速さで駆け抜けていた。あれは全て強化選手なのでしょ？」

「市民ランナーの中でも皇居ランナーと呼ばれる方々です」

「もう大会は終わったんだから隠す必要はないじゃないか！　私は知ってるんだ。それを見てからの1年間が私にとってどれほど不安な日々だったかわかりますか⁉　市民ランナー？　皇居ランナー？　貴方は私がアフリカの国の大統領だからバカにしているのか？」

ペトペロンの目には涙が滲(にじ)んでいた。

「冷静になってください。我々は何も隠していませんし、世界の国々に対して同等の敬意を持っています」

「真夏の昼間の太陽の下ですよ？　プロではなくて趣味で走っていたと？　今回の成績が良くなかったからとはいえ、そんな言い訳はやめませんか？」

「本当です。健康のために走っているんです」

「嘘(うそ)だ！　だって、マスクまでしていました！　暑さに加えて高地トレーニングさながらに肺に負担をかけて走らされていた。正直、先進国の日本があんな無茶をしてまで選手を追い込んでいることに驚きました。ただ、あなた方の心中もお察ししますよ！　それくらい自国開催というのはプレッシャーが強いということですね‼」

「ですから市民ランナーですって！」

「自ら走っていたと？　なんのために？」

「だから健康のためですって！」

「マスクして？」

「感染予防ですよ」

沈黙が一瞬流れ、ペトペロンがコメディアンのようなジェスチャーで言った。

「え？　それって感染よりリスク高くない？」

「かもね！　誰かが倒れて運ばれたって話は聞いたことないけど」

「じゃあ皇居ランナーやばくない？」

「それな！」

03 ラジオのコロナ　舞台版

登場人物

ハッピー浜崎（はまさき）・ラジオパーソナリティー38歳

三宅（みやけ）恒星（こうせい）・ラジオ作家30歳

林道（りんどう）楽譜（がくふ）・ラジオディレクター33歳

【第1幕　2020年4月】

明転

ラジオスタジオ。テーブル１つと椅子２つ
下手の方にブースがあり椅子が１つ
浜崎、座っている
三宅、プリントアウトしたメールを持ってウロウロ
林道、ブースに立ちトークバックを押しながら

林道 それでは生放送10秒前です。
浜崎 はーい。今日はいいメールきてる？
三宅 （椅子に座りながら）やっぱりみんな不安みたいですね。
浜崎 まあそりゃそうだよね。

SE―17時の時報
SE―ラジオ局のジングル
林道、浜崎にキューをだす

浜崎　夕方5時になりました。皆様今日は。本日も始まりました。ラジオ『スカットレディオショー』、パーソナリティーのハッピー浜崎です。ついに昨日の夜に出てしまいましたね、緊急事態宣言。急きょお仕事お休みになった方もいれば、リモートになって家で聴いてくれてる方もいると思います。コロナがどうなっていくか不安が募る方もいると思いますが気持ちだけでも明るくいきましょう‼ということで1曲目は松浦亜弥で『Ｙｅａｈ！めっちゃホリディ』

M―松浦亜弥カットイン

浜崎　1曲目、これで合ってる？

三宅　林道さんもプロのディレクターですし、信じましょう。

浜崎　まあ、確かにこれくらい明るい方が良いかもね？　だって外誰も歩いてなかっただろ？　こんな東京初めて見たけど、マジでゴーストタウンだな。こういう時って、都会の方が怖さ増すよな。田舎だったら、もともと人が歩いてないわけだからさ。

三宅　（タブレットいじりながら）あっ。

浜崎　どうした三宅ちゃん？

三宅　ツイッターですけど……

浜崎　なに？　言いなよ。

三宅　結構、怒ってる人いますね。

浜崎　は？　まだ始まって2分くらいだろ？

三宅　なにがホリデーだ!?　こっちは仕事なくなるかもしれない瀬戸際だ。

浜崎　ヘビーリスナー？

三宅　あんまり見たことないアイコンなんで、多分たまたま聴いてた人なんだとは思いますけど。

浜崎　いつもの番組とリスナーのやりとり、知らないから仕方ないか？　あえての選曲とか理解できないだろうな。初めてうちの番組聴いてるんだろうな。仕事休みになった人じゃない？　そのアカウントの呟(つぶや)き探ってみて。っていうか、ラジオそのものを初めて聴いてる人かもな。

三宅　すみませんでした。

浜崎　見間違い？　あれ？　本当は誰も怒ってないとか？　オープニング早々、頼むよ三宅ちゃん！　今年30だろ？　業界歴で10年目？　イージーなミスは、ポジティブな方にせめてミスろうよ！　ハッピーハッピー。

三宅　ヘビーリスナーも相当な数怒ってます。

浜崎　（トークバック押して）林道、ひとまず中来て。

　林道、揚々とスタジオに入ってくる

林道　ズバッと‼　最高ですねアヤヤ！

浜崎　ズバッとじゃねえよ！

林道　でも浜崎さんも、いつも言ってるじゃないですか。うちの番組はスカットレディオだから、スカッと行こうぜ！　ズバッと、って歌詞のあるこの曲は番組にとっても大切な楽曲だから大事な時にかけようって。

浜崎　（三宅からタブレット奪い林道に渡す）

林道　（受け取り見ながら、何か言葉を飲みこみ）さあテンション上げていきましょう！

　林道、ブースに帰っていく

浜崎　テンション上げたから、クレーム来てるんだよ！　確かにこの曲は大事な曲だけども、今日みたいに世の中の空気がわからない時は、まずは様子を探って、ゆっくり

ゆっくり放送の雰囲気を作って、最後の最後にバシッとかけたりすれば、リスナーも気持ちよく聴けるのよ。だろ?

三宅 おっしゃる通りです。早めに曲やめた方がいいかもですね。

林道 (トークバックで)曲落としますー

三宅 わかってるみたいですね。

M—フェードアウト

浜崎 お聴きいただいたのは、松浦亜弥さんでした。

三宅 曲が短いってクレーム来てます。

浜崎 (小声)わざわざ言わなくて良い。えー皆さん、コロナ禍で大変だと思います。皆様からの書き込み、待ってます。なんでも良いです。周りには言いづらいこともあると思います。吐き出してもらえたら良いと思います。政府の対応が合っているのか? 間違っているのか? 今はまだわかりませんが、この番組では、皆様の生の声を届けることが使命だと思います。

M—原由子『花咲く旅路』

浜崎　最初からこういう優しい曲かければ良いんだよ。反応どう？

三宅　コロナのことなんて聞きたくない。いつもみたいにただただ楽しい、ハッピーな放送やってくれって怒ってます。

浜崎　どうしたらいいんだよ？

三宅　医療従事者の方の書き込みも番組宛に来てますし、やっぱり今日はおふざけ少なめで、真剣にやった方が良いとは思います。

浜崎　少なめってどういうことよ？　真剣にやりながら薄いボケしても面白くもないし、むしろクレーマーの餌食じゃない？　真剣に全部やるか、いつもみたいに明るくハッピーにやるかのどっちかだろ？

三宅　今日はもう割り切って真面目な放送でいいんですけど、それじゃあへビーリスナーは物足りないかと。

浜崎　物足りないってなに？　世の中は異常事態だよ？　通常放送してる方が、イカれた番組にならないかな？

三宅　プロデューサーからはとにかくコロナ関連の書き込みを読むように言われてるので、その合間で書き込みの内容とは関係ないタイプのボケ、例えばモノマネとかでおふざけのテイストを足すとか？

浜崎　やったことないから！　俺のモノマネ見たことある？

三宅　数年前に瀬川瑛子を。

浜崎　無茶振りでやっただけだし！　モノマネのモノマネだし、似てないし！　それに若い人わからないだろうし、いきなりやったらそれこそ頭おかしいだろ。

三宅　ハッピーさんって、ハッピーなのにわりと慎重ですよね。

浜崎　若いな、お前は。ハッピーっていうのは、楽しくて幸せじゃなくちゃダメなのよ。いいかい、誰かを嫌な思いにさせないで1人でも多く楽しませるのがハッピーなのよ？　オッケー？

三宅　勉強になります！

浜崎　オッケー！　ハッピーハッピー。

林道　（トークバック）それじゃあメール読みいきます。何枚いく三宅ちゃん？

三宅　（指で2本）2枚です。

林道　了解。それでは、曲紹介からお願いします。曲は原由子さんで——

浜崎　知ってるよ！

林道　ではどうぞー

浜崎　ゆったりとした気持ちで、皆様行きましょう。日本はどこも綺麗です。また旅行に行ける日が来ることを祈って、原由子さんで『花吹く旅路』。それでは書き込み紹介しましょう。

林道　花咲く、です！　『花咲く旅路』！

浜崎　え？　失礼しました。『花咲く旅路』でした。

M―フェードアウト

浜崎　それでは書き込みです。本日はフリーメッセージです。

三宅　（書き込み渡す）

浜崎　東京都33歳女性、医療従事者のリラックスナースさん。皆さん今日は。今の現状を知って欲しくてメールしました。医療の現場は悲惨です。家に帰っても家族との接触は避けています。同僚はすでに3人も辞めてしまい、人手が足りません。さらにボーナスもカットされてしまうと言われました。私達は何のために、誰のために働いているのでしょうか？　私達が感染したら誰が助けてくれるのでしょうか？
（読み終わって）辛い時に書き込みありがとうございます。教えていただきありがとうございます。大変ですね。本当にありがとうございます。頑張っている方に頑張れとは言えませんので、踏ん張ってください。次の書き込みです。

三宅　（書き込み渡す）

M―BGM（明るい）イン

浜崎 埼玉県25歳男性、医療事務の人になれない猿さん。（ソワソワしながら読み出す）皆さんこんにちは。病院で事務をしていますが、いつも行く近所のご飯屋さんで、僕らの病院の関係者の出入りが禁止になりました。もう1週間ほどコンビニでご飯を買っています。どうして僕らは普通に食事も出来ないのでしょうか？　病院からはライブにも舞台にも行かないように言われています。何を楽しみに踏ん張れば良いのでしょうか？

（読み終わって）教えていただきありがとうございます。風評被害や差別に近いことが、全国で起きてるのかもしれません。今は私達の冷静な判断と思いやりが問われているのかもしれません。

M―ファレル・ウィリアムス『ハッピー』

浜崎 （トークバック）なんでBGM明るいの？

林道 1枚目へビーだったから、2枚目はライトな書き込み来るかなって。

浜崎　読み始めてから様子見て音入れてよ！
林道　了解！　テンション上げていきましょう！
浜崎　（三宅に）テンション上げれる要素ある？
林道　ラジオですから。ラジオってテンションですから。
浜崎　上げる要素っていうか、今日は上げるの上げないの？　上げない方が良いって言ってなかったっけ？　作家とディレクターは、方向性くらい合わせといてよ。
三宅　一応２人とも真面目にやりながら上げる方向なんですけど。
浜崎　だからそれ、難易度高すぎるし、緊急事態宣言初日に塩梅（あんばい）つかめないから。
三宅　ですよね。じゃあなんとか２時間逃げ切りましょう！
浜崎　逃げるって何だよ？　そもそもワイド番組なんだから明日も放送あるけど。
三宅　明日も逃げ切りましょう。
浜崎　いつまで逃げるんだよ？
三宅　えーと、コロナ終わるまでですかね？
浜崎　いつだよ⁉
三宅　来年には。
浜崎　そんなに逃げたら、今年の秋には番組も終わってるよ！
林道　（トークバック）なんかスタジオの中、盛り上がってて良い感じですね！

浜崎　盛り上がってねえよ！　もめてるんだよ！
三宅　ハッピーって曲は不謹慎だって書いてきてます。
浜崎　いちいち報告しないでくれ！　なんか良い反応もあるだろ？
三宅　はい……今のところないです。
浜崎　それも報告しないで良い！
三宅　あ、ありました！
浜崎　どんな感じ？
三宅　外で虹が見えるって。
浜崎　お、おう。とりあえず次の書き込み頂戴(ちょうだい)。
林道　（トークバック）そろそろ曲紹介しましょう。
三宅　これです。（渡す）
浜崎　おっドクターの人ね。いいね。
三宅　（タブレット見て）あっ。
浜崎　もう何？
三宅　ネガティブなのは言わないほうがいいと。
浜崎　じゃあ、声出さないでよ。いいから教えて。
三宅　医療従事者ばっかり贔屓(ひいき)するな。ずるいぞって。

浜崎　え？　その角度あるの？　世の中的には、頑張ってる医療関係の人をみんなで応援しようって方向じゃないの？

三宅　ニュースやら情報番組見ててもそうですよね。

浜崎　ネットだってずっとその流れだよ。

三宅　ただ、確かに大変な職業も今は多いですよね。

浜崎　書き込みも結構きてるの？

三宅　ぶっちゃけ相当きてます。

浜崎　そうなんだ。え？　どうしようか？　ここでドクターのだと……3枚連続か。

林道　（トークバック）じゃあ行きますね！

浜崎　（トークバック）待って待って待って！　曲ってフルで流したらあとどれくらい？

林道　（トークバック）えーと、1分半くらいですかね。

浜崎　（トークバック）じゃあフルでいかせて！

林道　（トークバック）流石(さすが)ハッピーさんだけにハッピーはフルでいくぞって感じっすね！

浜崎　あいつって、あんなやつだっけ？

三宅　いつもあんな人ですよ。

浜崎　世の中が平和な時だけだな、あのノリ許せるの。

三宅 色々とコロナに炙(あぶ)り出されてる感じっすね。

浜崎 この番組のアラだけは、炙り出されないように頑張ろう。

三宅 違うの読みましょうか？

浜崎 うん。俺もそんな気がしてた。

三宅 では……これで行きましょう。（渡す）

林道 それでは曲終わります。どうぞ！

浜崎 お聴きいただいたのはファレル・ウィリアムスで『ハッピー』でした。それでは次の書き込みです。

東京都41歳女性、グーとパーさん。私は保育士です。医療従事者の方に対しては感謝しかありませんが、どうして私達の仕事は無視されてるのでしょうか？　子供達はいつでも目が離せず、食事の時も着替えの時も直接触れないなんてことはできません。コロナをうつされる危険もあるのに、陽性者が出れば全て保育士のせいになります。メディアや世の中から無視し続けられたら、このままでは医療従事者の方々を負の感情で見てしまいそうになります。もう少しだけ私達の職業にも目を向けてくれないでしょうか？

（読み終わって）書き込みありがとうございます。本当にそうですね。保育園が休みになってしまえば会社に行けなくなる方も沢山います。感染リスクも高い職業ですね。

三宅　（タブレット見ながら小声で）怒ってる人がいます。

浜崎　（タブレット受け取る）続いてはツイッターです。アカウント名がキョキョキョキョさん。

スーパーで働いています。毎日混雑しています。マスクをしてない人もいます。注意すれば怒ってきます。どうしてメディアではスーパーは儲かっているとか報道するのですか？　儲かってるのはオーナーだけで、こちらは不安しかないです。

三宅　（浜崎の持っているタブレットの画面をスクロールして指差して）

浜崎　アカウント名は、猿の絵文字ですかねこれは？

ドラッグストアで働いてます。医療従事者には感謝してなぜドラッグストアで働く我々は感謝されないのでしょうか？　マスクは無いと張り紙に書いてもレジに聞きに来て文句を言って帰る。もう二度と来るなって感じです。

三宅　（自分のスマホで見ながら小声で）まずいです。どんどん苦情が増えていってます。

浜崎　えーと、それではここでＣＭです。

Ｍ――企業ＣＭ（最初強めに出してすぐにＢＧＭ）

林道（トークバック）ＣＭ予定より早く無いですか？
浜崎（トークバック）ここは確定の時間じゃ無いからいいでしょ？
林道（トークバック）もちろんモーマンタイです！
浜崎 殴りたくなってきた。
三宅 どの職業の方も怒り始めてます。
浜崎 誰かの怒りや愚痴を、読めば読むほど集まってくる。そりゃそうかもな。あーここだったら書いていいんだ。書いたら読んで世の中の人に教えられる！ そう思うよ。
三宅 実際にそれぞれの現場で起きてることで、知らないことまだまだ多いでしょうしね。
浜崎 今日の放送さ、もう完全に割り切って、どんどん読もうか？

Ｍ――オルゴールのような雰囲気の良い曲
（ＣＭの流れからスムーズに変化している）
照明――陽だまりのような

三宅 でも読めば読むほど多くの不満が集まりますよ。
浜崎 それをちゃんとやらないといけない気もする。放送としたら楽しいものでは無いけど、今そこから逃げることは今後の番組の信用を無くしていくことにつながる気も

三宅　するし、何よりもリスナーが心から読んで欲しくて書いている気持ちを無視はできないし、優劣もつけれない。

浜崎　わかりました。実は頭のどこかで、ここから楽しい放送にできないか？　ってまだ諦められずに考えちゃってたんです。もうその思考はきっぱり棄(す)てて、ハッピーさんについていきます。

三宅　お笑い大好き作家が珍しいじゃねえか。

浜崎　ラジオに関しては、お笑いよりリスナーが大事です。

三宅　とにかく書き込みを選び続けてくれ。

浜崎　はい！

　　　　ラジオは、リスナーと共にあれ！　だ。

林道、紙を持って入ってくる

林道　なんか書き込み辛気臭く無いですか？

M──カットアウト

照明──戻る

浜崎　あのさ、お前さ！

林道　（紙を出して）報道から気象情報です。ＣＭ明け自己紹介してから書き込みの前に読んでください。気象情報の後に一曲挟みましょうか？　で、辛気臭い感じ取っ払って次の書き込み行きましょう！

林道、下手のブースに戻る

三宅　悪い人じゃ無いんです。

浜崎　知ってるよ！

林道　（トークバック）ではどうぞ！

浜崎　ハッピー浜崎が生放送でお届け中、『スカットレディオショー』。ここで気象情報です。埼玉県北部に竜巻注意報がでています。お近くの方はお気をつけください。また関東の広い範囲で大気が不安定な状態のため、五感のどれかで変化を感じた際は頑丈な建物で様子を窺(うかが)ってください。以上気象情報でした。

M―YUI『チェリー』

浜崎　なんでこの曲なんだよ?
三宅　テンション上げたかったんじゃないですか?
浜崎　竜巻起きてて恋するも何もないだろ!　YUIちゃんが可哀想だわ。
三宅　どうしても春にかけたい、ディレクター心ですね。
浜崎　まあいいや。曲明けから行くからな。
三宅　はい。

照明―徐々暗転
M―フェードアウト
SE―時計の音（時間が流れているイメージ）

浜崎ナレ　続いては花屋さんにお勤めの方です。3月4月が花屋にとっては書き入れ時です。このままでは折角生産者さんが丹精込めて作ってくれた……
浜崎ナレ　続いて主婦の方からです。旦那の仕事がリモートにならずに不安しかありません。上司が機械に弱い方で……

浜崎ナレ　学生さんです。卒業式がなくなりました。私達の青春は……

浜崎ナレ　リモートになって家で仕事するの超楽勝です。イエーイ……

浜崎ナレ　オリンピック関係で働いていますが、正直どうなるのか誰もわかりません。我々がやってきた準備は……

浜崎ナレ　近所で怖いおじさんがいます。誰彼構わず、家に帰れ家に帰れと言い……

浜崎ナレ　お化け屋敷でバイトで働いてますが、お客さんに触ることもできずに……

浜崎ナレ　自粛警察に店のガラスを割られ、殺してやりたい気持ちです。どうして……

浜崎ナレ　役者をやってます。稽古はマスクとフェイスガードが義務化され、正直何も摑(つか)めないまま本番に……

浜崎ナレ　ゆくゆくはワクチンを打つのでしょうか？　絶対に嫌なんですが……

浜崎ナレ　会社休み、ラッキー

浜崎ナレ　日本はなぜ水際対策がこんなにも……

浜崎ナレ　ライブハウスはなんの補償もなく……

浜崎ナレ　パチンコ屋は悪者ですか……

SE─時計の音フェードアウト

M─松任谷由実『春よ、来い』

照明─フェードイン

浜崎　SNSどう？

三宅　いやー、あのですねー

浜崎　本当のこと言ってくれ。
三宅　想像を絶するほど荒れてます。
浜崎　なんでよ？
三宅　もう止まらないです。全員が不平不満や不安や憤りをぶつけまくってまして。
浜崎　それは想定内だろ。
三宅　その数が想定をはるかに超えてるんです。
浜崎　どういうこと？
三宅　多分ですけど、途中でトレンドに乗って、そこから普段聴いてない層が入り込んで来て、番組のハッシュタグつけて、リスナー同士というか、リスナーと新規のリスナーというか、とにかく攻撃し合って叩き合いが始まり、正直もうタイムラインの流れが速すぎて、追いきれません。
浜崎　なんでそうなるんだよ。ちょっとでもストレスを抜いて欲しかっただけなのに、これだったら読んでても意味がないじゃないか！　ってかそれどころか、聴けば聴くほど、呟けば呟くほど、全員がストレスと怒りを増殖させてるだけじゃないか……（喋りながら泣き出す）
三宅　さらに途中でツイッターに飛躍的に人が入り込んできて、叩き合いがヒートアップしました。

浜崎　何きっかけで？

三宅　会社が休みになった人とリモートになった人、喜んでる書き込みを2枚読みましたよね？

浜崎　読んだよ。林道が、少しは明るい意見も読みましょうって強引に言うから。

三宅　それを機にリモートチームとエッセンシャルワーカーによる、人間の尊厳を踏みにじり合う、見るも恐ろしいツイッター戦争が起きてます。

浜崎　（さらに号泣）もう嫌なんだけど！！！

林道　（トークバック）お客様センターへクレーム来ました。

浜崎　は？

三宅　洒落（しゃれ）にならないですよ！

林道　（トークバック）医療従事者の団体の方からで、医療従事者への誹謗（ひぼう）中傷が含まれてる書き込みを意図的に何枚も読んでると。後日、正式にクレームを入れるそうです。放送倫理検証委員会にも連絡すると。

浜崎　（トークバック）でどうなったの？

林道　（トークバック）向こうはとにかく、どういう趣旨なのか執拗（しつよう）に聞いてきたようで、

浜崎　（トークバック）なんて答えたんだよ？

林道　（トークバック）うちの番組は本番のノリで、全ては現場が流動的に判断して番組

を進行している。と伝えたそうです。

浜崎 …………

三宅 …………

浜崎 ……俺達を守る気ないじゃんか‼

三宅 そりゃまあ、いつも現場でやりくりしてますけど、台本通りやってるって言ってくれないと、これ現場の僕ら3人のせいになりますよ！

浜崎 （トークバック）どうにかならないの？

林道 （トークバック）生放送の醍醐味(だいごみ)っすね！　減給になるのディレクターの僕だけなんで、ガンガン行きましょう‼

浜崎 え？　そういうシステムなの？

三宅 減給ってことは逆に言えば、罰金払えば残れるってことです。

浜崎 俺らは罰則はないけど、場合によってはクビか？

2人 下請け、つれ――――

林道 （トークバック）なんか2人とも盛り上がってますね！

浜崎 （トークバック）あー盛り上がってるよ！　俺らもネットも大炎上の大盛り上がりだよ‼

林道 （トークバック）ギャラクシー賞あるかもですね？

2人　ねえよ！　死ね！！！！

林道　（トークバック）それじゃあ曲そろそろ終わりますので、残り25分楽しんでいきましょう！

三宅　ムカつきますけど、なんか逞(たくま)しいっていうか、頼もしいっていうか。

浜崎　安心しろ。ただの錯覚だ。で、どうする次は？

三宅　もう何を言っても火に油です。

浜崎　同感だ。

三宅　途中に収録済みのコーナーもありますし、このまま読み続けることが得策かと。

浜崎　よしっ、生放送分は10分前後か。なら逃げ切れるかもしれない。まだ怒ってる職業はいるか？

三宅　まだまだいますが、飲食店の方の書き込みを読んでないのでいきましょう。

浜崎　了解。くれ。

三宅　はい。（渡す）

浜崎　にしてもなんで『春よ、来い』なんだよ。ユーミンさんにも謝れるなら謝りたいよ。

三宅　春なんでかけたいのが、ディレクター心です。

林道　（トークバック）じゃあ曲紹介から書き込みいきましょう。

浜崎　お聴きいただいたのは松任谷由実で『春よ、来い』でした。

M―フェードアウト

浜崎 本日はフリーメッセージです。続いては神奈川県55歳男性、あの頃のあのカーブさんです。
お店を休めば金をやる！ そう言われてる気持ちになります。金は大事ですが、金が欲しくて始めたわけじゃないです。お客さんにうまい酒を飲んで欲しくて料理を作ってきました。無念です。

三宅 （小声で）トレンド3位になってます。荒れまくってます。

浜崎 えー―飲食店の方々も大変だと思います。たまにはゆっくり休んでください。えっと、すみません。なんかもうわからなくなってきました。えーと、なんかツイッターで喧嘩してるとのことですが、やめてください！ せめて番組のハッシュタグ使うのやめてください！

三宅 （小声）やばいです。

浜崎 え？ もういいいよ、普通に喋れ！

三宅 やばいです！ ネットニュースになってます！

浜崎 は――!? 何がなるんだよ？

三宅　緊急事態宣言初日、ラジオで分断を煽る生放送。

浜崎　煽ってないから！　勝手に戦いが始まったんだよ！

三宅　新しいタイプのクレーム来始めてます！

浜崎　何⁉

三宅　コロナなんてないんだから煽るなクソメディア！　トランプを見習え！

浜崎　そっち側の概念もいるの⁉　スゲーよ。ある意味で、もうコロナすげえよ。

林道　（トークバック）全部放送されてるから！　とにかくさっきの書き込みにコメントして曲に行きましょう！

浜崎　ああ。えーっと、とにかく今は全員酒は我慢！　ビールもハイボールもレモンサワーもワインも酒という酒は飲まないで、緊急事態宣言明けたら飲めばいいじゃん！もうそれでいいじゃん！　酒飲むの禁止！　バカ！　終わり‼

M―エレファントカシマシ『ガストロンジャー』

浜崎　あのバカなんでこんな激しい曲選ぶんだよ！

林道、スタジオに入ってくる

林道　プロデューサーがカンカンです。

浜崎　そりゃそうだよな。こんなに荒れてんだもん。

林道　営業部、代理店、クライアントもカンカンです。電話とメールがきまくってて向こうから逃げてきましたが、すぐに誰か局の人間が来ると思います。

浜崎　そんなオオゴト？

林道　はい！　うちの番組のスポンサー、ビール会社ですから。

浜崎　ふおおおおおおおおおおおお！！！！！！（泣き倒れる）

林道　どうにかなりますよ！　それよりもトレンド1位おめでとうございます！

浜崎　てめえがご陽気なメール読ませたせいだろうが!!

浜崎、林道に殴りかかる

M―レベル上げる（サビの入りに合わせたい）

照明―アオリ（赤色ベースで）

浜崎と林道の殴り合い

浜崎　お前が読ませたリモートワークの書き込みのせいだろ！

林道　昔のレディオみたいっすね‼

殴り合う浜崎と林道
止めに入る三宅
三宅が浜崎と林道に殴られキレる
三宅、圧倒的な強さで2人を殴る蹴る投げ飛ばす

三宅　ええ加減にせえよ‼
2人　すみませんでした。

M―レベル下げる
照明―戻す

三宅　（我にかえり）あっすみませんでした。
浜崎　だるい。（静かに出て行こうとする）
三宅　ハッピーさん？
浜崎　この後14分間の完パケのコーナーだろ？

林道　でも曲受けありますけど。

浜崎　曲受けなんていらねえんだよ‼　誰でも知ってる曲だろうが！　曲フルで流して、ジングル鳴らして、でコーナーそのまま流せばいいだろボケ‼

林道　うっす‼

浜崎、うなだれて下手のブース抜けてはける

三宅　林道さん大丈夫？

林道　俺は余裕。三宅ちゃんもハッピーさんも守るから。

三宅　ありがとうございます。

林道　それよりさ。久し振りのトレンド入りで、しかも1位！　やばいよな。

三宅　まあ、そうね……そうかな？　良いかな？

林道　レディオしてる感じするわー

三宅　ハッピーさん見てくる。

林道　時間までにつれて来てよ！

三宅　ほいさ。

三宅、はけていく
林道、スマホ見ながらニヤニヤしている
照明―フェードアウト
M―上がっていく

浜崎、板付く
M―フェードアウト
照明―上手奥エリア明転

喫煙所・灰皿
浜崎、タバコ吸って椅子に座ってスマホいじっている
三宅、入ってくる

三宅　あと少しでコーナー終わりますけど。
浜崎　（黙ってスマホいじってる）
三宅　（浜崎のスマホ見て、慌てて取り上げる）
浜崎　返せよ！

三宅　何してるんですか？

浜崎　メール送ってるんだよ！

三宅　ＴＢＢラジオの裏番組、『アフター６丸丸』じゃないですか‼

浜崎　返せ‼（取り戻し夢中でメールしている）

三宅　ハッピーさん？

浜崎　俺の愚痴は誰が聞いてくれるんだよ⁉

暗転

アナウンス・これより換気のための休憩となります。

04 帰れおじさん

帰れ‼　いいから家に帰れ‼　緊急事態宣言だぞ‼
声に驚き振り返ると、街で老人の男が声を荒らげ叫んでいる。私は鼓動が速くなるのを感じ、逃げるようにその場から立ち去った。

新型コロナウイルス感染拡大により、日本全国に緊急事態宣言が発出され、人々は不要不急の外出を控えた。それでも外に出なければならない人はいる。エッセンシャルワーカーに、食料を買う主婦に、病院へ向かう人など。

散歩をしたい若人もいれば、どうしても遊ばないと気がおさまらない中年に、走り回りたい子供達。犬だって運動しないといけないわけだし、キリがない。どんなに要請をしたところで、外に出てしまう人はいる。

「おい！　家に帰れ！　貴様らは自分の欲望や都合を満たすために誰かを殺すのか⁉　こ

の殺人者ども！　さっさと大人しく家に帰れ！」

彼は来る日も来る日も、街で人を見つけては叫んでいた。しばらくして街の人々に彼は『帰れおじさん』と呼ばれるようになる。果たして彼の行動は合っているのか？　それとも間違っているのか？　人々にとっておそらくそんなことはどうでもいいのだ。基準は自分にとって邪魔か邪魔じゃないか？　それだけだ。世の中とはそういうものなのだろう。

当初、帰れおじさんを避けるように皆は行動したが、彼が絶対に危害を加えないとわかった時から潮目が変わった。人々は彼に遭遇するとラッキーと考えるようになり、自分のところへ怒鳴りながらやってくる姿をスマホで動画撮影してSNSに投稿した。

帰れおじさんの動画はTwitterでもInstagramでもどこでもバズった。彼がスマホを持ってないこともあり、通報もなく肖像権などはおおいに無視された。そのことに関して注意を促す者は出てこなかった。

メディアの動きは速い。今ではSNSの意見を分析して、マジョリティが喜ぶ内容の放送をこぞって流し、その放送を見て政治が動く。要するに、すでに政治の方向性はSNSに握られているのだ。

話を戻すが、ワイドショーや情報番組で彼の叫ぶ姿が連日連夜流され、SNSでは人々がこだわりもなく叩き、コメンテーターはそれをエサにそれっぽいことを言い放ち、賛同や知名度やギャラを手にした。私が遠くから彼の様子を見に行くこともなくなった。

多くのメディアが彼のところへ来たが反応はいつも同じだった。

「帰れ！　なぜワシを撮る⁉　理由などなんでもいいが、とにかく帰れ！　今は緊急事態宣言下だぞ‼　ワシが理由で人が集まってどうする？　殺す気か‼　殺人罪で訴えるぞ！いいから全員家に帰るのだ‼」

繰り返し放送される彼を何度も見てしまう自分が嫌だった。

カンの良い番組は、まだまだ旨(うま)みがあるのにさっさと彼の特集をやめた。「彼は何も間違ってないのでは？」そんな声がSNSで上がる前に手を引いたのだ。彼は悪か正義か？そんなことはどうでもいい。メディアを叩きたくて材料を探しながらテレビにかじりついてる層がいる。テレビを作る側もその空気の変化にはとても敏感だ。それだけの話だ。

「帰れ！　頼むから帰ってくれ！　殺人鬼め！　これ以上罪を重ねるな！　帰れ！」

彼を取り巻く周りの変化などお構いなく、彼はいつだって人を見つければ家に帰ることを強く促した。

本質はどこにある？　『不要不急の外出を自粛』という、なんとも曖昧な表現で上がりまくった同調圧力渦巻く国で、彼が正しいか正しくないかを判断出来るモノなど存在していないのだ。

コロナ自体の置き位置が定まっていない世界で、誰も明確な基準がないまま感情を持て余している。世界中で行き場を無くした感情が、何か獲物を探しながら徘徊(はいかい)している世界線が幅を利かせて数ヶ月。

彼は本当に変人なのか？　マトモなのは世の中か？　それとも彼か？

彼を批判するわかりやすい理由がいくつかあった。どうしても外に出なければいけない人々に対しても彼は叫んだ。使う言葉も汚く激しく攻撃的だった。しかし、彼の罪はその間違いのみで、全国民に顔を晒(さら)され笑い者にされるほどの罪ではなかったのではないだろうか？

いつだって罪と罰のバランスは簡単に崩壊する。

石を投げる人がいた。監視も統制もない罰が勝手に走り出していた。頭から血を流しながら帰宅を訴える彼の動画が拡散され、ついに警察も動かざるをえなくなり、正義の扱いと正解が分かっていない全てのメディアが撤退した。

歯止めが利かなくなった街の人々は、彼をもう人として扱わなかった。彼を平然と足蹴にする男もいれば、逆にまるで透明人間のように全く目に入らない様子で彼を認識せず、素通りする主婦もいる。

それでも彼は涙を流しながらも帰れ帰れと叫び続けた。私はまた距離をとって彼の様子を見に行くようになっていた。

まるで彼のことを知っているかのような文章をＳＮＳに書いている奴も いた。「帰れおじさんはとても寂しい人間で、お節介だけど優しい人間なんだ。老人の独り暮らしで孤独な日々を過ごしていて、家族がいる奴は温かい家に帰れって言ってるんだ。自分みたいな人生を歩まないように帰れって言ってるんだ。家族を大事にしないと後悔するぞ！　って伝えているんだ」

こんな綺麗事を書いた奴が、どういう気持ちでこんな事を書いたのかは知らないが、あながち間違ってはいないにしても、帰れおじさんは実は他人には興味ないのだ。

そのうち彼の声は嗄れ果てたが、毎日外に出て口を開け続けた。口だけは帰れ帰れと動いていた。彼はなぜそこまで訴え続けたのか？　私は知っている。彼はホームレスだった。誰かの綺麗事にあった独り暮らしどころか、家すらもなかった。

彼は自ら招いた不祥事で家に居づらくなり、今から20年前に家族を捨てて家を出た。そのすぐあとに妻は病気となり亡くなってしまう。高校生だった息子だけが残されたが、息子は親戚も頼らず生きていくことを選択して、なんとかマトモな人生にしがみつき、ごく一般的な家庭も手に入れた。

帰れおじさんは街の人々に教訓を叫んでいたのではない。彼は街の人達を通して自分自身に言い続けていたのだ。「帰れ！　帰れ！　帰れ！　家に帰るんだ！」と20年間自分に言い聞かせていたのだろう。彼は帰る勇気が無かっただけなのだ。

自ら人生を手放し心を崩壊させた悲しき老人は、少年達に火をつけられ河原の小屋とともに焼かれて死んだ。彼の人生はずっと緊急事態宣言下のようなもので、残酷な少年達によって、ようやく宣言解除されたのかもしれない。

彼は私の父である。声が無くなるまで誰かに、自分に叫び続けた彼は本当は言葉が欲しかっただけなのだ。私からの「帰っておいで」という一言だけを待ち続けていたのだ。誰かを嘲笑う(あざわらう)ウイルスが突如として蔓延し、父の複雑化して屈折した精神の防波堤を撃ち破り、バグりが表出した父を見て勝手に世が騒いだ。

今回の一連の騒動において本質的にコロナは関係ないことなど誰も知らないだろうが、そんなことは私からすればどうでもいいことだ。父に関わらないように生きてきた。真面目に必死に生きてきただけなのに、父の死によって、私は父を許し言葉をかけなかった罪を無理矢理背負わされた。

私が法で裁かれることは決してないが、今後の人生においてどんな罰が待っているのか？　冗談じゃない、もう被害者だった自分には帰れないのか。

05 気づき

清水健吾（しみずけんご）33歳。会社に入社してから10年、彼は仕事をバリバリし続けてきた。営業部に入ってからの7年は寝る間を惜しんで働いた。体育会系の部活を大学までやり遂げた彼にとって営業畑は性に合っていた。

業務に関してはきめ細かさも備わってきていたが、生活においてはほとんどのことに無頓着だった。人並みに恋愛もしていたが、決して良き彼氏だったとは言えないだろう。浮気をするようなことはなかったが、彼女にも無頓着だった。

コロナ禍が始まり彼は会社に行くことも、クライアント先へ行くこともできなくなった。散らかった部屋でリモートでの営業に挑戦していた。しかし、元の世界で手にしていたやりがいをなかなか見出（みいだ）せないでいた。

なんだか毎日がモヤに包まれているような感覚だった。今までよりも会えなくなった世の中の恋人同士にとって、これまで以上に相手の心のケアや気遣いは大事になった。そもそも小まめに連絡を取るタイプではなかった健吾は、彼女のミサキに愛想を尽かされた。

自分が振られると思わないのが、無頓着な男の特徴なのかもしれない。健吾はミサキからの別れの提案に驚いたが、女々しさの成分の少ない彼はキッチリと受け入れた。外で飲むことが好きだった健吾は、家で1人で飲むことが増えた。仕事にも気持ちが入らず、徐々に生活の空気は曇っていった。彼の頭にあったモヤは、カレンダーが進むごとに濃くなっていった。

そのモヤモヤが頂点に達した時に、彼の中の何かが弾けた。彼は日曜日に窓を全て開け、マスクをつけ外に走りにいった。マスクをつけて走ることは初めてだったが、汗をかく度に頭からモヤが消えていくのを感じた。

帰宅してシャワーを浴びて、健吾は自分の部屋があまりにも汚いことに気づいた。この部屋で数ヶ月過ごしていた自分が不思議だった。そうして、彼はまたも気づいた。この散らかり具合はコロナになって多少は酷くなったが、そもそもこの部屋はこの数年間ずっと散らかっていたと。

彼はゆっくりと片付けを始めた。まずはゴミや捨てられるものを集め出した。半透明のゴミ袋がどんどん一杯になっていく中で、彼は1枚の置き手紙を見つけた。いらなくなった書類の裏に書かれた可愛らしい文字。

『ケンちゃん、また寝てしまったので今日は帰るね。疲れてるんだね。体壊さないで頑張ってね。来週末はどっか行けたら行こうね』

ミサキからだった。彼は確かにこの置き手紙を過去に読んでいる。ミサキからの置き手紙がある時に、それを無視したことはない。しかし、人間の脳味噌（みそ）と心の機能とは便利なのか不便なのか、この手紙を文字としてだけ認識して読んでいたのだろう。

彼の心や記憶には、この置き手紙は残っていなかった。彼はこの短い手紙を何度も読み直し、これは文字であって文字じゃないと思った。文字に託されていたミサキの想（おも）いが、ようやく健吾の心の中に入ってきた。

彼はようやく理解した。この短い手紙がラブレターだったことを。用事を伝えるためのものではない。彼はこの置き手紙を書いたときのミサキの気持ちを、初めて想像することができて涙がこぼれた。

彼女からの愛と、自分の不甲斐なさと罪に気づいた。

『寝ながらうなされていたよ。仕事大変そうだね。無理せずに頑張ってね』

『行けなかったサッカーのチケット、沙織（さおり）と行って来ました。最高だったよ！　ケンちゃん、行けなくて残念だったね。仕事だから仕方ないね。今度は2人で行って盛り上がろうね！』

『ずっと待ってたけど、明日も早いので今日は帰るね。部屋を少しだけ掃除しました。前に怒られたので、置いてある場所は変えてないから完璧！　ミサキ偉いｗ』

『昨日は久しぶりにゆっくり過ごせて嬉しかった。やっぱり私はケンちゃんが大好きなんだって思ったよ。これからも宜しくね』

『熱っぽいから帰りました。ケンちゃん今は本当に大事な時期だし、風邪うつしたくないから。寒くなってきてるから暖かくしてね！　来週は会えるといいな！』

『あんまり会えなくてたまに寂しくなることもあるけど、会えると心が元気になって、好きが溢れちゃって、ウザくなったりかもだけど、ごめんね。ケンちゃんが言ってたファミマのあのカップ麺、うちのお父さんも大好きだって言っててなんか嬉しかったｗ　週末に一緒にゆっくりできると良いね』


　大きなゴミ袋が４つほど一杯になる頃には、何枚もの置き手紙が出てきた。その全てを以前に健吾は読んだはずなのに、全て初めて読んだ感覚だった。開いてない紙袋には見覚えがあった。健吾の誕生日にミサキが買ってきたものだった。

　彼はそれを開けてもいなかった。袋から出てきたのは少しだけ派手なネクタイと栄養ドリンクとサプリだった。彼はそれを抱きしめて嗚咽した。

『ミサキ本当にごめん！　もう遅いかもしれないけど、話がしたい。俺が馬鹿だった。許されるなら会いたい。会えなくてもいい、話だけでも聞いてほしい』

健吾は感情的になりスマホで文字を打った。

送信する瞬間、その瞬間の迷いが彼を冷静にした。自分の身勝手さとズルさが許せなくて送信ボタンを押すことをやめた。窓からは優しい風が入り込み、カーテンをたゆたわせていた。

彼は掃除を続けた。地元にいたときのアルバムが出てきた。付き合ってすぐにミサキにせがまれ見せたことを思い出した。彼は写真という過去の一部を、ミサキとの日々を思い出しながら眺めた。アルバムをめくりながら、遠い過去と近い過去が今まさに捻（ねじ）れながら交差していた。

どれくらい見ていただろうか？　数分なのか数時間なのか？　すでに時間の概念の外側にいた健吾にはどうでも良いことだった。なんの抵抗もなく次々に涙が流れ続けていた。健吾にはもう泣いている感覚すらない。

そこには父や母や兄や大好きだった祖母の写真もあった。ミサキの愛に気づき、ようやく愛のアンテナが修復された健吾は、自分には大事な家族がいることを思い出した。体の中で愛が膨らみすぎ涙となって体から溢れている。

愛の気づきは愛の連鎖を呼び続ける。世界に向かって愛の毛細血管が伸び続けているような気がして、健吾はえも言われぬ高揚感に包まれ自分の命が尊く有難いものだと感じた。

愛の連鎖で光を増した愛はいとも簡単にそれまでの罪悪感を蒸発させ、健吾はさっきミサキへ打った文字を、いや気持ちを送信した。やりなおせるなんて思っていなかった。ただただ何もかも謝りたかったのだ。綺麗に片付いた部屋が嬉しそうにしていた。

06　分断離婚

弁護士事務所。男性パラリーガル（弁護士の助手）の河野スルオが資料をまとめていると、疲れた様子で女性パラリーガルの小泉彩香が入ってきた。

「何？　また離婚案件？」

「多すぎます」

「コロナ離婚か」

「コロナ離婚はコロナ離婚なんですけど、何組も話聞いているとコロナ離婚っていうか、コロナ炙り出され離婚というか」

「もともと潜在的にあったズレが表出しただけってことね」

「聞いているだけで疲れるというか、途中からこれ精神科の先生に聞いてもらった方がいいんじゃないかって思ってしまって」

「あるあるw　簡単に教えて」

小泉はパソコンを開いて説明を始めた。

ある中年夫婦の会話。

「ねえ、散歩行くならマスクして欲しいんだけど」

「どうして？　コロナなんてないって言ってたぞ。お前は情報弱者だからもっとネットで正しい情報に触れたほうがいい」

「誰が言ってるのよ？」

「トランプ大統領も言ってるぞ」

「専門家じゃないじゃない」

「誰よりも専門家から詳しい情報を聞いてる人が発言してるんだ」

「トランプさんの横にいた専門家の人がコロナあるって言ってたわよ。ニュースで見たわよ」

「わかってないな。トランプが本当のことを呟いたからTwitterの発言は削除されたんだ。削除されたことが何よりの証拠だ」

「発言力がある人が間違ったことを発信したから削除されたんでしょ？　真っ直ぐ考えたらそれが普通の感想だと思うけど」

「わかってないな、本当に」

「なんでもいいからマスクしてよ。近所で変なこと言われるから」

「ちょっと待てよ」

　夫はスマホを出して海外の学者がコロナはないと言っているTwitterの動画を妻に見せる。

「な？　真実はネットにしかないんだよ」

「真実をネットにあげたら削除されるんじゃないの？」

「この学者はいいんだよ！」

「じゃあコロナがあるって言ってる学者の動画は見たの？」

「そ、そんなのは見る価値もない！　フェイク動画を見るなんて危険だ！」

「両方見て判断した方が安全だと思うけど」

「コロナは陰謀なんだぞ」

「ってことは、世界中で何十万本も出されてる論文を書いた専門家も、テレビの人達も、全員が騙されてるってこと？」

「多分そういうことじゃないんだよ。そいつらが俺たち国民を騙してるんだよ。逆らえないところから俺たちを騙すように命令されてんだよ」

「え？　脅されてるってこと？」

「おそらくな」

「でもそんなに多くの人を脅したら、誰かしらネットで告白して大問題になると思うけど。

そう考えるのが普通だと思うんだけど」

「なんだその左翼的な発想は？」

「待ってよ。笑っちゃうわよ。私はいたってリベラルよ」

「俺だってリベラルだ！」

「トランプさん、自国主義だしリベラルなのかな？」

「トランプは正しいんだよ。いいか？　正しい判断ができることがリベラルなんだ」

「なんでもいいからマスクしてよ」

「マスクなんて意味がない！」


「旦那さん典型的だな」

2人分のコーヒーを淹れて持ってきたスルオが言った。

「ありがとうございます。パートナーがマスクしないとか有り得ないです」

コーヒーのお礼を言いながら小泉が吐き捨てた。

「まあな、実際コロナがあるかないかは関係ないもんな。政府がお化けがいるって言い出したとして、問題は存在の是非じゃなくて政策の内容だけだもんな」

「マスクが嫌なだけで、自分に都合の良い情報だけ集めてるんですかね？」

「そこまでシンプルじゃないかもだけどな。まあ実際コロナがないかもだし、あったとしてもここまで騒ぐほど危険じゃないかもしれないしな。結果どちらでもいいけど」

「冷めてますね」

「餅は餅屋だ。それは専門家の仕事であり政治家の仕事だ。自分の仕事しながら真実を追求するなんて無理だろ？」

「声をあげることは大事です」

「流石（さすが）、パラリーガル３年目！」

「軽いパワハラです」

「え？　小泉ちゃんってもしかして旦那寄りの思考？」

「私はリベラルなだけです。続けますね」


別の日の夫婦の会話。

「あれ？　今日はマスクしてランニングしてきたの？」

「お前があまりにもうるさいから試しにだ」

「どうだった？」

「息が苦しかった」

「でしょうねｗ」

「何が面白いんだ？　俺を殺そうとしたんだろ？」

「また真顔でバカなこと言って。私は散歩の時のこと言ってるのよ」

「じゃあ、ランニングの時はどうしたらいい？」

「考えたこともないけど、マスク無しで夜中か人がいないところ走れば？　倒れたりしたら本末転倒だし」

「とても変な気持ちになったんだ」

「酸素不足？」

「マスクをしてないで散歩したり走ったりしてる時は、マスクをしている奴を意識していたことがわかった。マスクをしている奴らが俺を変な目で見てると思って、こっちも必要以上に敵視してた。それがわかった」

「ん？　今日はマスクしてたんだよね？」

「マスクして走ってると、今度は逆にマスクしてない人間のことが気になるんだ。自分が多数派に入った途端に、少数派を少し見下してる自分がいてカッコ悪い気持ちになった」

「面白い話ね。このまま多数派になって欲しいわ」

「多数派を経験して、自分の信念の弱さを思い知ったわけで、俺はこの経験を前向きに捉えて、今まで以上に自分を信じて、少数派だろうとマスクはしないことに決めた」

「折角さっきまでリベラルな話してたのに、どうして急に意固地になったり信念の話になっちゃうのよ。マスクしてよ」

「俺はリベラルだ」

「じゃあ夫婦そろってリベラルね」

「違うタイプのリベラルだな」

「何よ違うタイプのリベラルって。早くシャワー浴びてくださいね」

「奥さんも必要以上にリベラルにこだわるね」

「ですよね」

「久しぶりに飯でもどう？」

スルオの誘いに嫌悪感を露わにした小泉だった。

「帰って奥様の料理食べてください」

「コロナもここまで続くと、メシも何もかも飽きてくるよ」

「贅沢な悩みですけどね」

「終わり？」

「ここから旦那さんが………」


夫婦の会話。

「お前、ワクチン打つのか？」

「まだ先の話だし、わからないけど」

「治験もろくにやらないで、10年後に死ぬかもしれないぞ。いや、なんなら打ってすぐ死ぬかもしれないんだぞ」

「心配してくれてるの？」

「茶化すな！　今回のワクチンは未来の予行演習なんだ」

「未来に何があるのよ？」

「今回のことで世界中をワクチン接種に慣れさせて、ゆくゆくは人間をコントロールするためのワクチンを打つんだよ」

「じゃあ、今回のはいいじゃない」

「ダメだ。危険だ！」

「今回のが危険なら未来の布石にならないじゃない」

「とにかく様子をみよう」

「様子って何よ？　まず日本中の医療従事者から打つんでしょ？　そのワクチンが本当に危ないなら、日本の医療そのものが真っ先に終わりじゃない」

「日本の医療も終わるかもな」

「私はリベラルなのに、どうして家の中でも分断が起きないといけないのかしら。悲しくなってくるわよ」

「分断は良くない。俺も最初はそう思っていた。分断って言葉も悪いし、メディアに洗脳されていた。しかし、よくよく考えてみろ。分断なんて昔から世界中にあるんだ。逆にいうと、今までの分断が半端だっただけで、実は分断は明確になればなるほど素晴らしいものなんだ。だからトランプは分断を煽ったし、事実あらゆるＳＮＳが民衆の分断を加速させようとしている」

「なんで分断がいいのよ？」

「選挙の投票率が上がる。より鮮明な多数決が成立し、民主主義の輪郭がハッキリする。ＳＮＳに関しては、世の中が分断されていればされているほど人々は熱くなり、自分と同じ意見を探し、同時に反対意見も探し貪りつく。民間の企業からすれば自社のアプリを１回でも多く開かせる。１秒でも長く見させる。これに注力して当然さ」

「同意見を探すのはわかるけど、なんで違う意見を必死に探すの？」

「見たいからだ。わかるだろ？」

「わからない。わかりたくないかも」

「とにかく分断は悪いものではない！　世界が大きく変化するときにはむしろ必要な現象なんだよ。世界が分断され、それぞれの国内も分断され、地域や社内や家庭内でも分断が起きる。それでいいんだ！」

「じゃあ、あなたはワクチン打たない。わたしは打つで丁度いいわね」

「ん――――それでいい！　そうだな。うん、それでいいはずだ。分断は正義なんだから」

「ワクチン打った人しかプロ野球観戦できないようになったらどうするの？」

「え？……う、打たないよ！」

「嘘でしょ？　変な間があったし、打ちそう。あなたの信念って野球観戦が出来るかどうかで揺らぐものなの？」

「まあ、これもひとつのリベラル的な考えだな」

「じゃあ、早めに打ったほうがいいんじゃない？」

「打たない！　打つとしても半年は様子を見る！　というかコロナはないんだから、そもそもワクチンなんて打たなくたってノーマスクで野球観戦していいに決まってる！」

「それはあなたじゃなくて、球団や連盟が決めるんじゃないの？」

「いいや、俺が決めていいし、決めなくてもいいわけだから、決めていいんだ！　もしかしたら、俺は正しすぎるから少数派に言ってるのかもしれない。それは世の中の少数派に言っているともとれるし、自分の中の、いわば自問自答サロンの少数派に訴えてるともとれる！　最終的には、俺は俺自身すらも分断すべきだと思っているし、すべきではないと思っている！」

「わかった。先のことだから今決める必要ないいし、その時が来たら決めたらいいと思う。

どうかしら？　それまでにはさらに情報が増えてるでしょうし、今の少ない材料で決める方が危険かもよ」

「う、うん」


「あのさ、それもう分断っていうか、分裂じゃない？」

「ですよね？　だから精神科の先生って、さっき言ったんです」

「そりゃ奥さんも離婚したくなるよ。面倒だもん」

「離婚したがってるのは旦那です」

「はあ‼⁉　どういうこと？」

「ここら辺からわたしも追いつけないんですけど、奥様がいることで自分の価値観がブレることが怖いとかなんとか」

「随分幼稚な理由だな。で、奥さんは？」

「今離婚しても、どうせ復縁求められるから離婚するだけ手続き等面倒だと」

「わかる。いろんな夫婦見てきたけど、この旦那のパターン戻りたがるんだよな。結局は優柔不断の見本みたいなタイプだからな。で、旦那は？」

「今このカードを切ることが、俺が次に行くための最低条件だ！　と」

「カードって何？　次ってどこ？　どこに何カード使って行きたいの？　どこか知らない

けど、そこに行って何があるの？　何がしたいの？」

「完全に自分を意味なく追い込んでるだけですよね。理解できないから機械的に対応するしかないんですけど」

「大変だな、小泉ちゃん」

「はい」

「帰るか？」

「はい」

「飯は」

「行きません」


1ヶ月後の法律事務所。

「あのリベラル夫婦どうなったの？」

「旦那さんがコロナに感染して死にました」

「へ？」

「嘘です」

「凄いね、小泉ちゃん！　嘘がノーモーション過ぎて見破れないよ」

「悪い冗談でした。コロナに感染したのは本当です。生死を彷徨うところまでいったのも事実です。今はもう回復してますが、そのことがキッカケで旦那さんがコロナをコロッと信じて、挙句、離婚も取り下げたいって泣きながら奥さんに土下座したらしいんです」

「凄い解決の仕方だね」

「いえ。その旦那さん見て、奥様が離婚を決意してまたもめてます」

「夫婦(めおと)漫才なの？」

「そうですね。私はずっと夫婦漫才を聞いてるのかもしれません」

「旦那は？」

「コロナはある！　水際対策をしなかった政府のせいだ！　鎖国するべきだ！　鎖国しないから、俺は離婚の危機だ！　コロナは恐ろしい病気だ！　そうさ、俺はリベラルだから全てお見通しさ。みたいなことばっかり言ってます」

「是非選挙に出馬を！　と伝えてくれｗ」

「河野さん、リベラルの定義ってなんですか？」

「………さあ、仕事仕事！」

07 まぬがれない倒産

とある会社の社長室にて、社長の小金澤は頭を抱えていた。

大学生でバイトとして鍋屋で働き、大学卒業とともに自分の店を始める。そこから27年で都内を中心に30店舗の企業に、彼一代で押し上げてきた。

売り上げが落ちれば早めに全店リニューアルを打ち出したり、看板メニューを含めた半分のメニューを固定にして、それ以外の半分は開発部と各店長が絶えず新メニューを開発し続け、企業としての安心感と各店舗のカラーがＳＮＳを上手く刺激して、ここ数年は売り上げが右肩上がりで安定していた。

しかし２０２０年2月に始まったコロナ禍により、業績は一気に下がっていった。様々な取り組みで回復をはかったが、どれも上手くいかなかった。小金澤はこれまでお客と料理に誠実に向き合い、創意工夫さえ怠らずに取り組めばどんな困難も乗り切れると信じていた。

２０２１年になり、会社をやめるも地獄、続けるも地獄、の状況の中に小金澤はいた。

この数ヶ月間、状況を打開するアイデアを考え続けると同時に、自分の中で何が一番大事なのか？　それを自問自答する日々だった。

店を愛してくれる常連客、夢を持ち会社を選んでくれた従業員達の生活、自分の家族や住まい、地位名誉名声……自分にとって一番大切なものは屋号、『辛味王鍋』という事に気付いた時に、小金澤は自分が人間として冷たく欠落した人間だと悟った。

悟りや気づきは時に、今まで脳味噌になかった全く角度の違うアイデアを降らせるものだ。彼はそのアイデアが頭に浮かんだ時にさらに自分への嫌悪感が増し、両の手で自らの頭を抱えながら苦悶の表情をしばらくした後、デスクの電話の受話器を手に取り人事部長の二階堂に連絡をした。

小金澤は二階堂に、従業員からバイトまで全ての会社関係者の素性をトコトン調べ上げることを命じた。特にバイトのメンバーの家族や親戚を中心に調査するように伝えた。二階堂はこの特殊業務を他言しないことを小金澤に約束し、翌日には約2ヶ月という期間を要する予定だと報告した。小金澤が想定していた期間と同じだった。

小金澤はAという青年と会っていた。Aは驚いていた。

「ご無沙汰してます社長。弊社に何かご用でしょうか？」

「用はないよ。君に用があるから外で待たせてもらったんだ」

小金澤はゆっくりと人気の無い方へ歩き出し、Aは付いていくしかなかった。

「随分立派な会社に勤めてるんだね。君がうちでバイトしている時はまだまだ学生臭さが抜けてなかったが、なんともなんとも、頼もしくなったもんだ」

「ありがとうございます。これも社長のお陰です」

「会社が終わってからの夜帯で良いのだけども、またうちの店舗で働いてもらえないだろうか？」

「え？　どういうことでしょうか？」

「期間は数日かもしれないし数ヶ月かもしれない。君が課題をクリアさえできれば終了だ」

「どんな課題でしょうか？」

Aは恐る恐る聞いた。良い答えが返ってくることは、微塵も期待できなかった。

「もちろん君に拒否権がないことは理解しているよね？」

「その話はもう終わったと理解していました」

「過去のことだけども、終わってはいない。こちらに問題の動画があること。私がいまだに君の行為を心のどこかで許せずにいること。この2点がある以上は終わりはないんだよ」

「はい」

「スマホを出してごらん」

Aは言われるがままにスーツのポケットからスマホを出し手渡した。小金澤は受け取るとスムーズな動作で無感情にしゃがみ、コンクリの隙間からスマホをドブに捨てた。冷静に非道なことができる自分自身に、小金澤は違和感を抱いていたが表情は一切乱れなかった。

「こちらが指定した人間に、君がしたことをさせれば良い。それだけだ。それで過去は終わるし、報酬を渡そう」

Aは黙っていた。

「子供が生まれたばかりで、今更過去のことで裁判もしたくないだろう。裁判どころか、こちらのやり方によっては君は社会的に抹殺される」

小金澤は立ち上がりAの肩を叩いた。

「問題はない。君ならうまくやれる」

2ヶ月が経過し、会社では緊急リモート会議が行われた。画面には拳を握りしめ熱く語る小金澤の姿があった。

「我々はコロナに関して後手後手の戦いを強いられてきた。しかしここからは、こちらが先手を取るように戦っていこうと思う。正直勝算はわからないが、勝率を1%でも上げるために、社員全員で創意工夫を繰り返し、必ず生き残る覚悟を持って勝負に出る‼」

役員達は久し振りに聞いた社長の血の通った言葉に胸が熱くなり、自分達の心が弱っていたことを自覚した。そうしてリモートの画面の顔達はどんどん血色が良くなり、目には魂の輝きが宿り始めた。

とある店舗の閉店後。2人の男が店の片付けをしていた。若い男が、

「チェック終わりました」

と言うと別の男が丁寧に各所を見渡し、

「Z君、お疲れ！」

とねぎらった。

「今日からここにくることになって不安でしたけど、夜から渡辺さん来てくれて、色々気にかけてくれてやりやすかったっす！」

渡辺とはAのことであり、渡辺という名前は小金澤が用意した偽名である。

「僕も別の店舗から来たから、Z君みたいな元気のある人がいて助かったよ」

「なんか人の異動も多いし、新メニューラッシュだし、コロナぶっ飛ばすぞって感じで、パワー感じますよね？　バイトですけど、社員の人達のテンション感じて、こっちも上がってますよ」

「今が大事な時だからね。頼むね」

「はい！」

「あのさ、ちょっと飲もうか？」

「マジすか？　初めて誘われました」

「最近は下の子を誘うのもダメな風潮だからね。もちろん無理はしないでね。ただバイトの人達の意見を聞きたいんだけど、営業中はなかなかその時間すらも確保できないからさ」

「オレ行きますよ。周りじゃフッ軽で通ってるんで！」

「フッ軽？」

「フットワーク軽い感じっす。どっか近くの店とか行きます？」

「ここで飲もう。この時期に他の店で飲むのも何かとリスク高いし、それにここには酒もツマミもあるからね」

　Aが優しく笑うと、

「やばいっす。渡辺さん、今までの社員さんとタイプ違うっす。ノリ合うっていうか、飲みましょう！」

　Aが冷蔵庫からビール瓶を持ってきて、Zがコップを用意した。

「ちょっとオヤジくさいけど1杯目だけビールで乾杯しよう」

「ビール好きなんで余裕です！　瓶ビールとかマジでレアですけど」

乾杯する2人。そこから宴会はエスカレートの一本道だった。Aを社員だと信じ込んでいるZは安心してガンガンに飲み、ツマミなんかも遠慮なく食べまくった。ハイボールを濃いめにしたりオレンジハイにこっそり日本酒を忍ばせたり、Aはとにかく乙を酔わせることに注力した。そうしてZの虚栄心や高揚感を丁寧に確実に焚き付けていった。

翌日の朝、二日酔いで起きたZの人生はもうすでに終わっていた。スマホにはLINE、メール、着信などおびただしい量の通知が画面に表示されていた。SNSには『またもバイトテロ・店内泥酔で食材で遊ぶ』のニュースが。肉を生のまま口に入れ吐き出したり、厨房の横で嘔吐したり、野菜を壁に投げたりしているZの動画が上がっていた。Zは急いで本社へと向かった。

「渡辺君から話は聞いたよ」

顔面蒼白で立っているZに対して、社長の小金澤が優しく話しかけた。社長室には二階堂も含め3人しかいなかった。

「すみません。途中から記憶がなくて。あの動画ってもしかして渡辺さんが？」

二階堂が喋り出した。

「実はね、うちの店の防犯カメラは誰にでも見れるように設定されているんです。強盗の顔などわざわざ隠す必要もないですし、火災があったとしても誰かがいち早く気づいてくれるならば、それに越したことはないですから。しかし、今回ばかりはそれが裏目に出てしまったということです。調査中でまだ判明していませんが、誰かが昨日の君達の乱痴気騒ぎに気づき、動画を編集してＳＮＳに投下したのです」

「すみませんでした。渡辺さんは？」

この問いに小金澤が答える。

「君をお酒に誘ったのは渡辺君だね？　それは本人から聞いた。とても反省していた。酔った君が途中から制御できなくなり、全ては自分の責任だと」

「すみません。本当に飲み過ぎてしまって、いつもはあんなに酔わないんですけど、記憶がなくて」

「全然ないのか？」

「はい。序盤はありますが」

「本当に覚えてないんだな？」

小金澤はしつこく聞いた。

「すみません！　覚えてません！」

小金澤は大きく深呼吸をして、

「そうか。じゃあ君が渡辺君を殴ったことも覚えてないんだな？」

「え？　嘘ですよ。マジですか？」

「嘘も何もあるか！　神聖なる厨房で大暴れした分際で、なんだ君は？　私が嘘をついているっていうのか？」

「違います！　すみません。本当にすみません」

「渡辺君はかなりの大怪我だよ」

「え？」

　Ｚは膝をつき放心状態になりかけていた。二階堂は会社設立時からのメンバーであり、小金澤を長く知っていたが、今回のことは何も知らない。二階堂は全従業員を調べ上げ、ここで涙を流しているＺの祖父が資産家であることだけを報告したのだ。

　二階堂は何が起きているのかを薄々理解し始めていたが、心は痛まなかった。二階堂も生きていかなければいけないからだ。止めるどころか小金澤の作戦をなんとなく理解し、邪魔せずにサポートできる言動は何か？　を探り始めていた。

「先程、渡辺君の奥様からメールがありまして、報告を躊躇っていたのですが、どうやら殴られた左の眼球の損傷が激しく、残念ですが視力は回復しない可能性が高いと」

　小金澤は一瞬思考が停止しかかった。何故ならば渡辺などという社員はもとより存在していないし、怪我もしていないのだから。しかし、二階堂の目を見て小金澤は理解した。

「そうか。奥様には必ず会社の方で補償すると伝えてくれ」

「はい」

「ちょっと待ってください！　追いつかないです。整理させてください」

Zが泣きながら叫んだ。しばらく沈黙が続いた。それぞれがそれぞれ頭の中を整理していた。口火を切ったのは小金澤だった。

「渡辺はZには責任はないと言って辞表を出した。年配者として、若いものへの最後の意地と責任だと思ったのだろう。だから、私は渡辺君の意思を尊重するつもりで退職届を受け取った」

二階堂はこの発言を受け、今回の事件について渡辺という男は今後表には出てこない方が都合が良いのだと察知した。二階堂が動く。

「流出している動画に、渡辺君は微塵も映っていませんでした。おそらく編集した人間もZ君の振る舞いだけを許せなかったんでしょう。許せない？　もしくは、その振る舞いだけを面白がったのでしょう。被害者は我が社であり、加害者はなるべく少ない方が良いという考えもあったのかもしれません」

二階堂はAの存在を消すための思考を言葉に乗せたが、Zにはまだこの駆け引きは早かったようだ。

「僕は犯罪者ですか？」

Ｚの言葉には自分の心配しかなかった。まだ若い上に急なパニック状態、仕方ないことだが、小金澤には良きパスとなる。

「そうだ、君は犯罪者だ。酔って暴力を振るい、相手を失明させた。さらには店のものを盗んだ。残念ながら相応の罰が降り、前科がつき、君は刑務所行きだ」

「親に連絡させてください」

「待て！」

小金澤が叫んだ。まだ親を巻き込むには足らない。Ｚの中の整理が不足している。

「もちろん親御さんには早急に連絡したほうが良いだろう。こちらからも連絡する。しかしね、君は話の本質がまだわかってないようだ。君は犯罪を犯したが、犯罪者にはならないで済む可能性が有る」

「どういうことですか？　なんでですか？　教えてください！」

「我々は渡辺君の気持ちを汲んで、店での飲酒や暴行のことを警察には連絡しない」

「あ、ありがとうございます」

「動画に関してはどうしますか、社長？　全店舗挙げてのキャンペーンを多額の宣伝費を費やし行ったおかげで、約１年ぶりに我が社の株価は上がりました。そんな矢先の今回のバイトテロ騒ぎ。株価は本日の限界まで下がってしまいました。これに関しては、暴行や窃盗とは別に、何かしらの対応をしないと」

小金澤は二階堂に金一封を贈呈したい気持ちに溢(あふ)れていた。

「そうなんだ。問題はそこだけだ。君の実家は普通のご家庭だろ？　裁判するにしても示談にするにしても無理な話だし、困ったものだな」

「犯罪者にならずに済むならば、じいちゃんがなんとかしてくれるかもです」

「ここまでにいたしましょう！」

二階堂が止めた。

「そうだな。これから先は親御さんと我が社の弁護士を交えて話そう。それでいいかな？」

「はい！　ありがとうございます。あのー渡辺さんは？」

「渡辺はもう辞めた。君は目のことは忘れろ。それに関しては我が社で徹底的に裏からサポートする。君にとっては、渡辺という男がいなかった方が都合が良いだろう。渡辺君も君の将来を心配している」

「はい」

ここで二階堂が話をひきとる。

「君は1人で軽く飲もうと思って残った。そこには渡辺なんて人は最初からいなかった。君は買ってきた酒を飲み、冷蔵庫のもので遊んでしまった。誰も殴ってはいない。コロナ禍で大学にも行けずストレスがたまり、1人で悪ふざけしてしまい防犯カメラに撮られてしまった。えーと、これは私の独り言ですので、お二人ともお忘れください」

二階堂は言い終わると深々とお辞儀した。小金澤は二階堂の家にシャインマスカットを送ることを決めた。

動画流出から数日後には示談成立。会社は大幅な事業縮小を発表。解雇になったもので会社を恨むものは少なく、恨みの対象はZが全て請け負った。世の中的にも被害者である『辛味王鍋』に対しての同情が集まった。

コロナ禍での損失の大半を膨大な示談金で補った小金澤はなんとか難を乗り切った。今回はなんとか乗り切ったが、小金澤は何かを失った。それが何かはまだ誰もわからない。そうして、小金澤にとってAとZと二階堂という小さな火種が3つ誕生している。

08　役者と魂

「お前役者か？」

「はい。え？　僕のこと知ってます？　もしかして、先月の下北の」

「じゃなくて、ここのバイト、役者多いんだよ」

「やっぱ、そうなんですか。えーと」

「鮫肌。サメでいいよ」

「灰島です」

「ハイジね」

「サメさんは、ここ長いんですか？」

「7年目くらいかな？」

「わりかしですね。いくつっすか？」

「今年31。ハイジは？」

「23です」

バイト先の控え室でよく行われている会話を繰り広げている2人がいるのは、東京のはずれにあるテーマパークのアトラクション内のスタッフルーム。

お化け屋敷的なホーンテッド的なゾンビ的な小屋で、名は『ＨＡＺＡＭＡ』。

「ひょっとして、サメさんも俳優ですか？」

「俺はフリーライター」

「なんか、カッコいいっすね」

「文章で食えないから、ここにいるんだよ」

「ここ、時給いいですもんね」

「それもあるけども、それだけじゃないけどな…………ハイジは知り合いから勧められたとか？」

「いや、全国でここのお化け屋敷が1番怖いって聞いたんで、どうせやるならば、怖いところの方がやりがいっていうか？　勉強しがいっていうか？　あるかなって思いまして」

血だらけのメイクのまま2人は初対面の会話を終え、扉を出て別れ、スタッフ専用の廊下を静かに進み、それぞれの持ち場へと入っていった。国内最大規模をほこる面積を持つホラーハウスのいたるところから、客の悲鳴がこだまする。

「終わりがけにお前の持ち場覗きに行ったんだけどさ、ハイジ、お前ヤバイな」

「え？　マニュアルの範囲内だと思いますけど」

「休憩前の最後に、髪の長い女の肩を摑んだろ？」

「触っていいんですよね？」

「ああ。承認のサインして入ってきてるからな、アイツら。もちろん怪我させたら1発アウトだから、俺たちは触る程度しかしない。でもお前はガッツリ摑んでた」

「でも、痛くないように」

「それは感じた。お前は強く握ってるようで力を入れてない。でも相手はとてつもない恐怖を感じてた。で、実は見てる俺でさえお前に恐怖を感じたし、なんならゾンビの格好の俺が、幽霊の格好のお前を止めに入るところだった」

「それ、ウけますね」

「俺たちは触る時に、相手が1番驚くタイミングを狙ってちょんと触るんだけどさ、なんかお前のタイミングが俺たちのソレとは違って見えたのよ」

「まだ入って3日なんで、タイミング摑めてないのかもですね」

「出勤するのは1日に約50人。登録してるメンバーは２２０から２３０人だ。俺は全員知ってるし、過去にも色んな奴見てきたけど、ハイジお前はヤバい」

「気をつけますね」

「違う。そういう話じゃなくて、お前、あの女の肩摑む時に何考えてた？」

「普通です。多分サメさんと一緒です」

「多分違う。何、考えてた？」

「殺そうと思ってました」

「………やっぱりな。誰も本気でお客を殺そうなんて思ってないからな」

「いや、本気というか、役作りです。恨めしい気持ちで、現世に生きてる人間を黄泉の国、すなわち自分が住んでる無味無臭の世界観へ連れ込みたくて」

「あの世って無味無臭なの？」

「役作りのための裏設定です。もちろん、左脳で霊としての設定を設計して、そのルール内で右脳で掘り下げたり幅を広げたりして、脳全体で共有させてから客前に出て、右脳で没入して左脳でコントロールしているので、殺そうとしてますけど強く握ることはないです」

「………お前やっぱヤバいな。ここ辞めた方がいいかもな」

「え？　ズレてます？　事件とか起こす臭いしてます？」

「俺たちからはズレてるけど、役者からはズレてない。まあ俺は役者じゃないから偉そうなことは言えないが、ここで多くの役者と話してきて、半分くらいのやつは最初は役者のプライドで上手くやろうとする。でも時間が経つと結局はマニュアルが正解であり省エネって気づいて、毎日なあなあで客を驚かす。もちろん悪いことではないし、それでいいと思う。これは、たかだかバイトだからな」

「えーと、僕も時間とともになあなあになるから辞めたほうがいいってことですか？」

「違う。お前は役者としてもズレてる。違うな。ズレてるんじゃなくて、正論すぎてはみ出てる。ここで出会った色んな役者は役には入るが、殺意までは練り込まない。意味わかるか？」

「殺意がいらないってことですか？」

「ん――説明が難しいな」

「殺意がないって意味が、逆にわからないです。ってことは霊としての役作りができてないってことですよね？　しかもここは恐怖の館ですよね？　優しい霊やゾンビがいる空間ではない。僕らは人間を殺すためにここにいるわけです。殺意が無い方がおかしい。大事なことは殺意の見せ方とコントロールです。ただただ殺意だけ持ったら、そりゃ僕はただのキチガイですよ！　あはははは一それは無いです！　僕らがやってることはエンタメですよね？　殺意の使い方が上手いか下手かだけが問題であって、」

「久しぶりなんだよ」

「？」

「お前みたいなやつ。俺が入った時に黒目坂（くろめざか）さんっていう役者がすでに働いてたんだけど、とにかくその人が規格外な人でさ、すごかったのよ。その人、ここで伝説を作ったんだけど、俺は近くで見ててずっと思ってた。その才能があるならばバイトしないで役者に専念しろって」

「あれ？　褒めてくれてます？」

「褒めてもいるけど、同時にお前は危ういってことだ」

「同じ劇団のやつからは真面目だって言われてます」

「そう。行き過ぎた真面目が1番怖いのよ。まあ、どの世界でも1番強いけども」

灰島は芝居終わりの楽屋で話しているような高揚感に浸っていた。鮫肌からの飲みの誘いにもすぐに賛同し、この日2人は飲みに行ったが連絡先は交換しなかった。

それからしばらくの間は鮫肌と灰島は同じシフトにはならなかった。その期間に世の中はめまぐるしい速度でルールが変化していた。その変化の波は例外なくこのＨＡＺＡＭＡにも押し寄せていた。

「おい、ハイジ！」

「サメさん！　久しぶりっす！」

「お前の噂(うわさ)はガンガン聞いてたよ」

「え？　良い方ですか？」

「良くも悪くもスゲーポテンシャルの新人が現れたって。幽霊界のホープだって、幽霊班のチーフとか嬉しそうに喋ってたよ」

「それは喜んでいいんですよね？」

「ゾンビ班の人はよく思ってないかもな」

「なんですか、その狭い話は！」

「あはは－、実はゾンビ系の方が率で言ったらストイックな人多いからな。ゾンビの方が動きに工夫しやすいし、メイクなんかも勉強して楽しみながら、自分でやってるやつも多いしな。にしても、大変だな」

「もう役作りの裏設定からやり直しですよ」

「お客さんを触っちゃいけないって凄い設定だよな」

「強すぎるシバリですよ。お客が近づいてきたら逃げる幽霊ってどうしたらいいんですか？　向こうは、最悪こっちには触れるわけですよ。不利過ぎますよ！」

「追っかけ回していた立場から、逃げる立場になったわけだからな」

「何がソーシャルディスタンスだよ！　そもそも浮き世のルールが効かない空間を擬似的に楽しんでるんだから、外のルール持ち込んだら、設定の土台の崩壊なんですよ。これしたらエンタメじゃなくなりますよ」

「あら？　もう諦めムード？」

「諦めて無いですけどムカついているんですよ。1ヶ月かけてようやく殺意と接触の兼ね合い見えてきたのに。やり直しですよ、やり直し」

「やり直した結果、摑んだろ？」

「かなり自分のものになってきた感じはありますが、声って掘り下げると沼かも知れないですね」

「触れなかったら、声しかないもんな。幽霊班に声だけでお客を怖がらせる奴がいるって話を聞いた時に、瞬間的にお前の顔浮かんだよ」

「今まではホラー映画とかの映像をヒントにしたり、呪いとかの本読んだりして殺意練ってましたけど、最近はもっぱら声や音ばっかり聴いてますよ。何が1番人間の心を不安定にするか？　それはどんな音でどんな大きさなのか？」

「わ――――!!!　って大きい声出せば大抵驚くだろ？」

「はい。それも使いますが、それは他の人もやってるんで、待機してる場所によっては大声に免疫できてくるお客もいるんですよ。やっぱりそういうお客も、もう一段階楽しませたいじゃないですか」

「正しい。やっぱりお前は正しい。伝説を作った黒目坂さんも、声にはかなりこだわってた。なんなら声が1番難しいとも言っていたはず」

「前もその人の話してましたよね？　仲良かったんですか？」

「黒目坂さんの記事を書きたくて、ここにいたようなもんだよ」

「なるほど。そうなんですね」

「ちょっと怖い声出してくれよ。歌手に会って歌ってくれよって言わないでしょ？」

「それは言わないけどさ」

「集中しないと求めてる声に近いの出ないから嫌なんですよ。半端なの聞かせたくないっていうか」

「真面目。でも、それで良いと思う。俺も一応ゾンビやってるんだからさ、なんかヒントみたいの、頂戴よ」

「それは有り難いです。誰かと話すことで自分の中でも理解が深まりますから」

「真面目、最高ｗ」

「例えばですけど、僕的な表現になりますが、客の耳が閉じてるか開いてるかにもよります。劇場で芝居していて、長い間叫び合うやり取りがあったり音楽やＳＥが大きいボリュームで鳴った後なんかは、お客の耳は閉じてる状態なんで、自分が思ってるよりも大きな声を出さないと、イメージ通りに相手の体に声の量が入って行かないです。それから、声量を調整する以外にも少しだけ間を作ることで、お客の耳を元に戻してから通常の声量で打ち込む手段もあります」

「俺が思ってたヒントよりややこしいな。耳が開いてる?状態は逆の時か？」

「そうです。舞台上でコソコソ話などをわざと聞かせることもありますが、まあそれは出す側の技術もありますが、一旦おいときまして、お客側は耳がかなり開いてるんです。おそらく無音の時より開いてるんです。この時は通常より声を抑えないと、届けたいものに不純物、要するにノイズが入ってキチンと届かない。大きい音っていう不快感が受け手の心に混じるんです」

「ハイジって、毎回そんなこと考えて声出してるのか？」

「初めは考えるしかないですけど、経験積めば積むほどお客の耳の状態を自然に感じ取れるようになってくるので、考えるってよりは毎回感じてるってニュアンスです。左脳でしてた作業が経験によって右脳でできるようになってくると楽しくなってくるんですよ」

「楽しいの？」

「演じることの楽しさもありますが、お客さんの五感を操作することで空間を支配しているような楽しさがあります」

「俺、役者じゃないから違うヒントにして」

「じゃあ、違う角度のもっとシンプルな声に関してだと……声を置くのか？　飛ばすのか？　この使い分けだけでもかなり相手の反応をコントロールできると思いますよ。1番刺激的なのは離れた人に小声を飛ばすって事ですかね？　いや、背後から近づいて背中のあたりに静かに置くのも良いですね。まあ、最初は正面から強めに殺意ぶち込むことからで良いかもですね」

「だから俺には殺意ないんだよｗ」

「それは話にならないです。ヒントも何もないですよ。だって、自分の中で練った殺意がまずありきです。その殺意の種類と量、それをまず決めてから届け方の話ですから。殺意を運ぶのが声なんですから、殺意が練り込まれてない声なんて意味がないですよ！」

「ちょっと怒ってるじゃんか」

「すみません。あまりにも突拍子もない話だったので」

「今度、取材させてくれよ」

「え？　マジすか？　じゃあ芝居見に来てくださいよ。延期になってばかりですけど」

「行くけども、ハイジみたいな奴がどうやって世の中で生きていくかを追いかけたいのよ」

「みたいな奴ってなんですかｗ？」

「ごめんごめん。生きるのに不器用そうなタイプってこと」

「不器用かな？」

「真面目なのよ。ほら、真面目なやつはいつの時代も生きづらいのが定番だろ？」

「そうなんですかね？」

この日も鮫肌は連絡先を交換しなかった。過去にこのタイプと連絡先を交換して痛い目にあったことがあるからだ。この手の人間は他人との距離の取り方を簡単に見誤る。

新しい生活様式の波がどんどん訪れ、どこの世界でも定期的にルールは追加され続けた。50年後に振り返った際に、笑い話にされるようなルールもおそらく数知れず存在してるのだろうが、まさにその時代に生きている人々は従うしかない。

またも久しぶりに会った鮫肌と灰島だったが、それぞれ心模様は対照的だった。

「ハイジ！　お前、次に行ったらしいな！」

「テンション高いですよ。こっちはもうずっとイライラしっぱなしですよ」

「俺たちピュアなバイトチームからしたら、仕事が楽になって有り難いよ。まあその分、前ほどシフトに入れなくなったから他のバイトも始めたけどな」

「こっちは芝居の公演がないから稽古もない。オーディションすら自粛ですから、毎日ここに詰め込まれてますよ」

「お前はもうエースだからな。このＨＡＺＡＭＡがオープンしてる限りは仕方ないさ」

「なんでニヤニヤしてるんですか？」

「会ったら聞きたかったんだよ。お前が追求していた声さえも封じられて、いよいよ視線だけでお客が悲鳴あげるらしいな」

「視線の流し方も沼ですよ。眼力の強弱も沼ですよ。瞬きの速度もタイミングも沼ですよ」

「お前、マジでコロナに感謝だな！」

「はあ？　なんですかそれ？」

「ごめん、言い方悪かったたな。コロナのせいで芝居の進化速度が上がってないか？　ってことよ」

「まあ確かに、縛り、っていうのは何かを得るには役に立つなとは実感してますけど」

「黒目坂さんは何年もかけて、殺意の作り方と出し方をここで学んでいったんだよ。何年もかけてだ。だけど、お前を見ていると、黒目坂さんを早送りで見てるようなんだよ」

「芝居には正解はないと思います。ですけど、アプローチの方法と技術には、ある程度の正解があると思いますので、速度は別にして同じ道を歩んで行くのは必然な気もします。そうして僕はコロナとか関係なく、自分の仕事として与えられた環境で演技を追求するだけです」

「ハイジは演技ってものが役者として生きていくための必需品じゃなくて……、んー……、演技そのものを欲しがってる感じに見えるんだよな」

「演技力のないなんちゃって役者が多すぎるからですよ」

「やっぱりコロナに感謝じゃなくて、お前はコロナを恨むべきかもな」

「なんすかそれ？」

それからまたしばらくして、いつものように灰島は働いていた。暗闇の中でお客が来るのを待っていたが、角の向こうで大きな悲鳴が聞こえるだけで一向に誰も来なかった。いつものリズムで数分おきに悲鳴は聞こえる。聞こえるが、その悲鳴に灰島は違和感を覚えた。心の底から恐怖を感じている人間の叫び声だった。この建物内で今までにこの成分の声を聞いたことなどなかった。

どうやら入ってきたお客は角の向こうで何かに怯え、全員が非常口から外に逃げているようだった。灰島は持ち場を離れゆっくりと角の方に歩いていった。角が近づくにつれて、生き物としての本能が灰島に危険を伝え始めていた。

角の手前で灰島の足は止まった。動物とはそういうものなのかもしれない。引き返そうか迷っているその時、またもお客の叫び声がこだまし、数人分の足音が遠くへ消えていった。角の向こうからは自分が引き出したかった叫び声の理想系が。灰島は動物から人間に戻り、好奇心を頼りに角を曲がった。そこには何かが立っていた。大きな大きな叫び声が建物の中に轟いた。

「黒目坂さんに会った？　いつ？　どこで？」

「先週に幽霊エリアの中盤のところで」

「あの日か。夕方から酒飲んで検索しなかったんだよ。黒目坂さんが現れた時は、ほぼ間違いなくお客がSNSで呟くんだ。もう2度とあそこには行かないってな」

「サメさんが伝説とか言うから、僕はてっきりもう辞めてるのかと思いましたよ」

「辞めてないんだよ。でも滅多に来ないから伝説なんだよ。で、どうだった？」

「色々話しましたけど、あの人、本気でヤバいっすね」

「だろ⁉　取材したかったな～」

「黒目坂さんに会うまでは、ぶっちゃけ自分の方が上だと思ってましたけど、思考もスキルも役作りも背中見えないくらい先に行ってるって感じました。悔しいんですけど、まだまだ先があるっていう希望の方が大きいですね」

「どんな話をしたんだ？」

灰島は鮫肌に話した。


「うわわわあああ――――」

「なんだよ、同業者かよ」

「あああああ」

「立てよ。お化けの格好のやつが自分に怯えてるの、なんか恥ずかしいから」

「す、すみません。あのーひょっとして黒目坂さんですか？」

「そうだけど」

「やっぱり。鮫肌さんから何回か聞いたことあって」

「サメ、元気?」

「元気です」

「よろしく言っといて」

「はい」

「君、役者志望?」

「は、はい」

「実は何回か君のことコッソリ見てたんだけど、ダメだよ」

「え? 何がですか?」

「演技」

「いや、自分で言うのはなんですけど他の人よりはマシかなと」

「何? 他の人と比べて良し悪し決めてるの? 違うでしょ?」

「………違いますね。じゃあ僕の演技何がダメでした?」

「根本的に殺意練りすぎだから。殺意を使うんだったらもっと小さくないとダメだよ。行けるところまで何かの念を高めたいんだったら、恨む気持ちの方がいい。基本にかえって恨めしやの精神だ」

「なんで殺意はダメなんですか？」

「強すぎるだろ。ここはステージだぞ。違うか？　この舞台セットと値段設定に君の大きな殺意は合ってないんだよ。自分の成長のためにお客さん使いすぎ。わかる？」

「は、はい」

「いつでもフルスイング！　それはそれで良いけど、力入りすぎ。役作りしたからって、その役で色々やりたがりすぎ。値段設定にも合ってないから。あーそれはさっきも言ったか？　ヤク作るっていうのは、ステージで自然体でいるために作るんでしょ？　自然体じゃないのよ。もしかしてお客さんコントロールするの気持ちいい――とかって最悪なこと考えたりしてないよね？」

「してないっす！」

「お客さんの中の恐怖がギリギリまで来ちゃってる時は、驚かさないって選択肢も持ってないといけないでしょ？　それこそが自然体なんだよ。やりすぎ、力入りすぎ、楽しみすぎ。まあ階段をあがる上では必要だけどさ、もっと早く気づかないと」

「は、はい！　あ、あのー」

「何？　俺、間違ってた？」

「いえ何も！　黒目坂さんは恐ろしく自然体です。どこにも力の淀(よど)みがないように感じます。ただ、お言葉ですが存在自体が怖すぎます」

「ねーそれ本当に悩みｗ」


「ハイジ、結構喋ったんだな」

「その後も悩み相談ずっとされましたもん」

「ビックリしたろ？」

「はい。黒目坂さんって死んでるんですね」

「そうなんだよ！　お化け追求してお化けになっちゃったんだよ」

「存在感半端ないっすもん」

「黒目坂さんのせいで、ここがこの世とあの世の狭間になったからＨＡＺＡＭＡなんだよ。伝説だよ」

「役作りで自殺、役者の鑑っすよ」

「え？　憧れて自分も自殺するとかやめてよ」

「先週から少し迷ってます」

「死んだからって幽霊になれるわけじゃないでしょ？」

「死ぬ間際に、絶望とか諦めじゃなくて、ここにもっと居たい！　っていう希望と願望さえ強く想えれば地縛霊になれるらしいです。よっぽど未練とか練り込まないとダメだって言ってましたけど」

「ハイジはそっちに引っ張られそうだもんな」

「コロナなかったら、僕ももっと低いレベルで黒目坂さんに会えたと思うんですよ。それだったら素直にもっと怖がるだけですんだんだと思います」

「なんだよ、ちょっとお化けになる寄りで喋ってない？」

「バレました？」

「おいおい2人目かよ？　このままいくとここで幽霊劇団とか作れるんじゃないか？」

「ウける！」

「取材させてよ」

「もちろんです。じゃあちょっと死んできます」

09　闇コロナ営業

皆さん！　どうもコンチャーっす！　ピン芸人のライトミツルです！

今回は特別編です。いつも色んな企画とかやってますけど、今回はすでに知ってる人もいるかもしれませんけど、仕事であった事を喋らせてもらいます。

もともとは同期の芸人のサイレント松波（まつなみ）から電話もらったところから始まるんですね。コロナが始まってから僕ら芸人って結構厳しくて、テレビなんかだとひな壇の芸人が減らされたり地方ロケの番組が無くなったり、まあそんなに売れてないんで関係ないっちゃ関係ないんですけど。厳しい目線はやめて、まあライトに聞いてくださいピカピカ‼

営業の仕事ってギャラがいいんですけど、コロナでほぼ無くなって、劇場は月に2回くらいです。それ以外だと配信とかちょろちょろあって、このYouTubeはまだ全然計算立たないので、ぶっちゃけバイトしないといけないんですけど、芸歴15年目でなんか今更バイトできないかなって気がしてて、まあなんとか生きてるわけです。

で、電話きて出たらコロナの濃厚接触者になって自宅待機になったから、代わりに仕事に行ってくれってなったんです。

その時点でおかしいんですよ！　だって仕事の代打って必ず会社から連絡来るんですよ。あれ？　これ変だって思って聞いてたら、案の定闇営業で、あっ闇営業って言葉が悪いから変なイメージ持ってる人多いですけど、そもそも昔から普通にあるっていうか、会社に言わないで仕事するだけですからライトにお願いします！

例えば地元のお祭りとか、知り合いの社長の会社のパーティーとか、知り合いの知り合いの結婚式でネタやるとか、まあそんな感じなんですよ。ライトでしょ？

だからそこまでビビらずに聞いてたんですけど、違法ギャンブルの司会の代打だったんです。いやいやいや本気の闇じゃないか――――い!!!!　ってなりまして、流石に僕も断ろうと思ったんですけど、話を聞いたらギャラが良かったんです。だから引き受けることにしたんですよ。

当日は指定の場所に指定の時間に行ったんですけど、黒塗りの車が近づいてきて止まって、嘘だろ？　やめてくれよーと念じていたら中から黒いサングラスかけた男が降りてきて僕に話しかけてきたんです。

もうこれ漫画『カイジ』の世界観ですよ！　で、車に乗ったら目隠しされたんです。あれあれ？　これもしかしたら僕はサイレント松波に騙されてて、これから殺される？　もしくは死をかけたギャンブルやらされる？

確かに消費者金融にたっぷり借金はありますけど、なんとか毎月利息分は返済してますし、闇金には手を出してないから変なギャンブルにはエントリーされてないはずなんですよ。ってことは何かサイレントに恨まれてる？

同期だし芸人同士だから恨まれるようなことは数知れずあるわけで、あの野郎もしかして俺を売ったんじゃないかって、正直生きた心地しないまま死のドライブ堪能したんですよ。

なんか都内をグルグル回ってる感じで、高速乗ったり降りたりしてて、最初のうちはなんとなくどこに向かってるのかイメージで探ってたんですけど、探れたところで得ある？これ場所わかっても危険なだけじゃない？って急に思って、何も考えないで完全なるまな板の鯉と化して連行されてました。

車が止まって目隠ししたまま降りて、なんかの建物に入ってエレベーターに乗りました。感覚的に地下に潜ってるのはわかったんですけど、今まで経験したことないくらい地下に潜っていくんですよ。

いよいよヤバいなと思いましたけど、ここまできたら逃げようもないのでライトな気持ちで行こうと思って、得意のネタを頭で反復しながら高鳴る心臓を落ち着かせていたんですよ。

フロアについて廊下を歩いて、右に左に曲がってドアが開く音がして、部屋に入ってドアが閉まる音がして、ようやく目隠しを取っていいと言われて、どんな修羅場が目の前に広がってるんだ⁉ 怖いもの見たさで目を開けたら、本当にどこにでもある会議室。

え？ 逆にドッキリなんだけど！ ってなって、それから担当の人に「ここまでの無礼、失礼しました」って丁寧に謝られて、名刺は渡せませんけど某広告代理店で働いてますって自己紹介されて、まあここでは名前は控えますけど、すでに知ってる人もいるのかな？ まあライトに行きましょう！ ピカピカ‼

台本が置いてあって、これは持ち帰れないので覚えてもらえるとありがたいです。それからスマホでの撮影や音声の録音も禁止ですので、もしも可能ならばこの控室に置いていってください。と頼まれたんです。

ライブとか営業とかと同じような感じで説明を受けて、注意事項と時間配分なんかを10分程度で丁寧に教えられたんですけど、テーブルには水とお茶とサンドイッチとお菓子が少し置いてあって、普通の営業じゃん‼ って思って、わりと緊張ほぐれてきたんですよ。

イベントの開始時間は決まってるんですけど、とある発表までは時間が読めないらしくて、そこをつないでなんとか盛り下がらないようにして、で発表が来たら程よく間をためて、キッチリ盛り上げる。それが大まかな内容です。

イベント開始時間になって、会場に入ったらマジでビビりましたよ。そこにいる全員が怪しいパーティーメガネかけてて、え? アニメじゃん? 映画じゃん? リアルにこんなところあるのかよって感じでした。あっもちろん僕も変なメガネかけて顔バレしないようにさせてもらってました。

まあ顔出しても、僕を知ってる人少ないんですけどね。ピカピカ‼　流石に慣れてない空間だし、自己紹介もできないし、僕ら芸人の掴みって基本的には自己紹介から派生してるんですよ。

それが封じられてて、そういう時は天気とか会場の周りの様子とかで笑い起こすんですけどそれも封じられてて、ひとまずあんまり似てないモノマネをしてみたんですけど、1人しか笑わなかったです。ちなみにその1人はその後は最後までもう笑いませんでした。

芸人としたら相当に不利な展開なんで、ひとまずウけるウけないよりも時間を稼ぐことを優先して、芸能ゴシップとか適当に喋ってました。

ぶっちゃけ、ここまでで汗びっしょりですよ。サイレントのやつどんだけハード設定で鍛えてんだよ！　って思いましたけど、ここで鍛えた筋肉どこで使うんだよ⁉　なんてことも頭で考えながらノラリクラリとゴシップを続けてました。

急に係の人がコソコソ入ってきて、僕に紙を渡したんです。そうしたら、さっきまで全然僕の話聞いてなかった奴とかも急にこっち見て集中してきて、一気に場の空気が僕一点に集まってきて、高密度になったんですよ。

さあ仕事の始まりですってことで、僕は、さあ皆様いよいよ政府から発表があった模様です。それではここで1つ目の発表です。行きますよ。行きますよ。なんて感じで、それっぽく盛り上げて、引っ張って、袖みたらスタッフさんから合図あったんで読み上げたんです。

っていうか、合図あるなら先に言ってよって感じですよね。たまにこういう現場あるんですよ。段取りの説明のミスなのか？　テンション上がった袖のスタッフのミスなのか？　毎回どっちかわからないんですけど、まあそんな話はおいといて、僕はプロレスのリングアナみたいなテンションで読み上げたんです。

「7月12日から、第4回緊急事態宣言、発令です‼‼‼」

会場のボルテージが爆発的に膨れ上がって、マジで凄い歓声なんですよ。芸人ってあんまり歓声浴びる仕事じゃないから、なんていうか気持ちいいっていうか、ミュージシャンになったみたいな気分になって、

「7月12日から、ついに第4回緊急事態宣言の………発令です‼‼‼」

んですよ。

同じこと2回言った僕も変ですけど、あまりにも気持ち良かったんでおかわりしちゃった

言ったの2回目なのに。凄くないですか？　さっきと同じこと言ったんですよ？　まあ

わ――――――――――ってなるんですよ。

流石に3回目は言いませんでしたけど、あれ多分3回目言っても、そこそこ盛り上がったと思いますよ。正直、僕もテンション上がってたんですよ。気持ちいいからとかじゃなくて、僕も緊急事態宣言の発令に賭けてたんです。

サイレントからのギャラの提案が20万円だったんです。本来は30万なんですけど紹介料で10万渡せって言われて、足元見てんじゃねえよって思いましたけど、拘束時間1時間30分くらいで20万円って、エグいじゃないですか？

サイレントへの変なプライドとか捨てれば20万円ですよ？　闇営業のリスク考えたら高いのか安いのか？　しかも相当ヤバい闇営業じゃないですか？　普通の闇じゃない、マジの闇の闇営業。

僕が引き受けた理由は2点なんですけど、チクっちゃいますけどサイレントが僕に言ったんですよ。これはガチの闇だけど、大きな代理店入ってるし、政府関係者も黙認して行われてるギャンブルだから、絶対に捕まらないしバレないって。

サイレントは実際にもう3回もやってるって言うし、信じちゃったんですよ。で2点目

なんですけど、僕もギャンブルに参加できるって言うんですよ。これでかなり心動きましたね。だって少なくとも軍資金は20万あるわけですから。

当日現金の取っ払いだって聞いたんで、サイレントに僕のネット口座に20万振り込んでもらって、ギャラは全額サイレントに渡す約束にしたんです。これやらない手はないですよね？

そもそも借金あって、コロナで仕事ジリ貧で、一発逆転の話きたって思ったんですよ。

だけど僕はニュース全然見てなくて、どんな風に賭けていいかわからなくて、サイレントにざっくり説明してもらったんですよ。

そうしたら、なんかオリンピックやりたいから政府は緊急事態宣言なんて出すわけないって言うんですよ。じゃあそれに賭けるって言ったら、オッズが低いから相当な金額賭けないと旨(うま)みが薄いって言われて。

だったら1番オッズ高いのはなんだ？　と聞いたら、えーと、緊急事態宣言が出ないでオリンピックも中止だって言うんですよ。僕は時事ネタ全然わからないですけど、なんかそれってありえますか？　ありえないですよね⁉

オリンピック中止なら緊急事態宣言は出てるだろ？　って言ったら、それに賭けるのも一つの手だってサイレント言うんです。えーでもオリンピックやるだろ絶対？　みたいなやりとりをしたんです。

話を会場に戻しますけど、盛り上がってる最中にまたスタッフが紙を持ってきたんです。さっきよりは集中してる人が少ないんです。そうですよね。緊急事態が出ない方に張ってた人はもう負け確定ですから。

こっち見てる人の人数は減りましたけど、こっち見てる人の1人1人の熱量はさっきよりマシマシな状態で、目も血走ってて神に拝むように僕を凝視してるんですよ。僕の心臓も同時に高鳴ってましたけど、そこは一応プロなんで冷静に仕事の間で紙を広げて、

「東京2020、オリンピックは、開催です!!!」

1割くらいの人が雄叫(おたけ)びを上げました。なんなら泣いてる人もいましたからね。どっちの涙かは分かりませんけど。膝ついて泣いてる人は負けたんだと思いますが、ぶっちゃけ僕も壇上で泣きそうでしたよ。

そこはプロなんで我慢しましたけど、油断したら号泣しそうでしたよ。だって僕はギャンブルに勝ったんですから。どうですこのオチ!? 凄くないですか? 僕とったんですよ! 緊急事態宣言の開始と終わりの期間とか、オリンピックの途中中止とか延期とか、買い方は物凄く細かくあるらしいのですが、僕は絶対に開催するって思いましたし、緊急事態宣言関連の確証はなかったですが、オッズ的に宣言の発令しか選択肢なくて。

シンプルに宣言発令と五輪開催の組み合わせに賭けて、なんと22倍ついたんですよ！　僕が張った時は16倍くらいだったんですけど、おそらくそこから多くのお金が、宣言の発令無しと五輪開催の組み合わせに流れて、オッズ上がったんだと思います。

元手もないようなものなんで90分で４４０万勝ち‼　炎上覚悟で言いますけど、初めてコロナに感謝しましたよ。俺もってるなーって思いましたもん！　この勢いで売れるんじゃないかなって思いましたし、今年の賞レースは気合入れようと誓いましたよ。

そしたら皆さん知っての通り大問題になって、国民的大ニュースですよ。闇営業どうこうじゃなくて所属事務所もクビになりました。事情知らないで司会だけだったら、もしかしたら誤魔化せたかもしれないですけど、僕もサイレントもガッツリ賭けちゃったんで。誰もライトに済ませてくれなくて、ピカピカ言ってられませんし、もうこの先光ることもないでしょうし、完全なる闇に飲み込まれた感じですよ。

サイレントは警察の調べに対して黙秘を続けているようで、サイレントだけにね！　って芸人のネタにされてるわ、世の中からは叩かれてるわで、サイレントどころかサイレン鳴りっぱなしですよ！

で、僕は本当ならば警察に行かないといけないんですが、その会場でコロナもらって陽性なんで自宅待機です。はい、もちろん見張られてますし、陰性判明がでたら秒で連行です。家にいて暇なのと、もうどうにでもなれってことでYouTubeに今回の一連を喋ってアップしてみました。

すぐにバン（削除）されるかもですが、ライトに見てもらえたら嬉しいです！　ということでライトミツルでした。ありがとうございました！　もしも面白いと思ったらチャンネル登録よろしくお願いします！

10　革命は続くよどこまでも

青く綺麗な地球をバックに作業する男の通称はミロクKK04812。国籍は日本だが、彼の本名は彼しか知らない。

始めた当初は宇宙空間に気持ちも高ぶり、仕事へのモチベーションも高かったが、月での作業は恐ろしく単調であり1年もすると奇跡の星と言われた地球にすら見向きもしなくなった。

5時間の作業を終えてミロクはVRのゴーグルを外した。背伸びをしながら欠伸する彼がいるのは、地球の日本の屋久島。

「お疲れ様」

「腹減った」

「ツナとアボカドのサンドイッチは頼んだけど」

「バッチリ」

ミロクはこの仕事を週4日、1日5時間の労働で600Jドルにて契約をしている。2020年代の日本で換算すると月7万円前後になり、毎月最終日に彼の体内にあるチップに暗号通貨で振り込まれる。チップは細胞と同化していて、ビル・ゲイツが2035年に導入した20200606606というシステムだ。

彼は食事を済ませ、軽量食器を壁の穴に棄てた。彼が選んでいるサブスクは和食と洋食Aと中華のセットで月額80Jドルである。

「車を呼ぼうか?」

「バッチリ」

「90秒後で」

彼が喋っている相手は部屋だ。この時代、部屋はある意味では生き物のように扱われていた。設定は親でも友達でも恋人でも執事でもなんでもいい。設定は音声ひとつで切り替わるので、当初は毎日切り替えて楽しむ人間もいたが、現在そんな人間はいない。彼は一番フラットな友達バージョンにして数年が経つ。

「今日は紫外線が少し強いから気をつけてね」

「ありがとう」

「日焼け止めのサプリ飲む? それとも少し肌焼いちゃう?」

「焼く意味も無いし、サプリ頂戴」

「オッケー」

壁からサプリと水が入ったコップが出てくる。ミロクはそれを飲みコップを戻すと壁の中に消えていった。

六畳程度の狭い部屋はいつでも清潔に保たれていて、清掃費込みで家賃200Jドル。ミロクは火星での作業を望んでいたが審査で落ちてしまい、政府の月の事業を請け負う会社と契約し報酬をもらっている。この建物は会社の所有であり、今でいうところの社員寮みたいなものだ。給料800Jドルから家賃の200Jドルが事前にひかれるので600がチップに入る。

ミロクの生活水準は中の上である。IT革命後に加速した貧富の差は2010年代には道筋が完成し、一部の超富裕層が描いたシナリオ通りに世界は進んだ。人類にとって1度目の資本主義は攻略法の解明により崩壊していたが、その他多数の人類は理解していないながら楽しく平和で安定した生活を望んだ。

夢を持つ必要がない世界は、ある意味では平等と言えるのかもしれない。2040年代には、共産主義的資本主義の完成形が地球に産まれていた。労働時間の減少と比例して賃金も下がりデフレが起き、富は同じ場所に集まり続けていたが、ミロクはなんの疑問も抱かない。

世界の音楽と映画とアニメとゲームのエンタメフルセット・ランクAに125Jドル払

えば、部屋はいつでも最高の娯楽空間になり、何日引きこもっても退屈はしない。

彼はベランダに出て柵をあけ、空中に停車していた乗り物に乗車した。空飛ぶ車、いわゆる無人ドローンだ。マンションの下に降りる必要も屋上に上がる必要もない。昼の12時から夜の10時までならばいつでも何回でも呼ぶことができるプランで月額64Ｊドルだ。

彼はのんびりと空中遊泳を楽しみながら、遠くに見える古い町並みを見ていた。屋久島にもひと区間だけ残っている、オールウェイズ達が生活する昭和タウンだ。

オールウェイズ達は、脳にチップも入れなければ体の中にナノカプセルも入れない。チップは希望すれば誰でも無料で入れられるが、ミロクが体の血液に走らせているナノカプセルは、70種類の病気に対して早期に発見し薬を投与できるミドルクラスで毎月１００Ｊドル。

彼は寿命の長さをコントロールするサーチュイン遺伝子に効果のあるＮＭＮのサブスクにも１１５Ｊドル払い、想定健康寿命を１３０歳まで確保しているが、もちろんオールウェイズはＮＭＮも飲まない。

昭和タウンで病気になり、ネオサイドの病院に駆け込んでしまい感染症が広がる事件が続き問題になってから、顔認証に登録されてない人間が街に入ると、強制的に警備会社のＡＩ搭載アンドロイドによって街の外まで運ばれてしまうようになった。

ミロクも昔はアバターで何度か観光に行った。街並みはゲームや映画に出てくる世界観で楽しめたが、接触した人間が誰もチンプンカンプンな事しか言わないので、面倒で行くことをやめた。

ドローンは浜辺で彼を降ろして、またどこかに飛んでいった。彼は静かに寝転び、ただただ日向ぼっこを楽しんでいる。太陽の光を浴びることで様々な物質を脳や体から分泌させること、何も考えないことで脳の奥にある扁桃体を休ませること。

健康を維持するために、この2つの行いが今は主流となっている。彼はここに来るためだけに無人ドローンのサブスクに金を払っていると言っても過言ではない。日光浴以外で彼はもう何年も外に出ていない。

90分後、彼は再び空を移動してベランダから部屋に戻る。衣服を部屋のランドリーシューターに投げ込み、除菌ルームでシャワーを浴びる。さっきまで着ていたものと同じ下着と色違いの衣服に着替える。

引っ越してきた当初は上着3形状各2色・ズボン2色の定期契約だったが、あまりにも人に会わないので、節約して今は上着1形状2色・ズボン1色にし、クリーニングと宅配のオプションをつけて35Jドルにしている。

「上着はこれからは白だけでいいや」

「オッケー。契約変更しておく」

彼は月面の仕事用のアバター以外にもゲーム用や旅行用など全部で7体のアバターを使

用しているが、そのうちの2体を使って他の仕事もしている。この時代、企業が副業について制限をすることが禁止されていた。

本来ならば事前に予約しておくのだが、今日はメンタル値も高く少しだけ働こうとアクセスしたところ、珍しく飛び込みで可能な仕事が何もなかった。ミロクの元気は肩すかしを食ったことで逆転して負の感情が生まれた。

「大丈夫？　今月初めてメンタル値が下がってるけど」

「ね。こんなことで下がるなんて、自分でも驚いているよ」

感情のブレを人間らしさのひとつとして捉える時代は終わっていたので、彼ら世代にとって高揚感や幸福感などのプラスの感情以外は害悪でしかなかった。

ミロクは気持ちのズレを正すためにゴーグルをはめてバーチャル空間へと入っていった。

カジノで大勝ちしてチップを大量にテーブルに並べているミロクのところにチャイナドレスを着た若い女がやってきた。背はほどよく高く、色白で細身だが豊かな胸を持っている。黒い髪と黒い瞳が印象的な典型的なアジアンビューティーだ。

ミロクは持っていた1番高いチップを数枚渡しエレベーターに乗り、地下のカジノからホテルの最上階へ移動した。部屋に入ると女はドレスを脱ぎ手招きしながらバスルームに消えていった。

今日は白人のアスリートのアバターで登録したので体はムキムキだ。お互いの身体を慌てることなく丁寧に洗い合い、体が性的に反応するのを待って浴室でそのまま行為に流れた。

2人の肉体が美しくも激しく動き絶頂を迎えた瞬間、女はどこに隠し持っていたのか突然取り出したナイフでミロクの心臓を刺した。

ミロクの体に極限的な痛みが走り、同時に性的刺激が頂点まで跳ね上がり彼は果てた。

部屋の照明が赤くなり、ブザーが鳴り響いている。先程まで友人のように気さくに喋っていた部屋が機械的な声でアナウンスを繰り返している。

「心肺停止。心肺停止」

アバターのシンクロ率を高く設定して事故が起きた場合、現実の人間の肉体にも影響が出る。ミロクは椅子に座り精子を出した状態で死んでいる。30秒後、椅子に電気が流れ、ミロクは長い眠りから起きるように重く目を覚ました。

ダルそうにズボンとパンツを脱ぎランドリーシューターに投げ込んだ。部屋で心肺停止になった際に緊急蘇生してくれるサブスクが99Jドル。

最近サービスが始まったバーチャルセックスの最後に相手が自分を殺してくれる設定にするのに188Jドル。

ミロクは性的な脱力と生死を行き来した恍惚感（こうこつかん）の余韻に浸った肉体と脳味噌の得も言われぬ快楽で朦朧（もうろう）としながら、心より呟いた。

「この時代に生まれることができたことに感謝だな。産業革命にＩＴ革命、そして30年前に起きたコロナ革命によって、世界はとことん便利に効率的になった。ありがとうコロナ」

コロナがもたらした世界、プライスレス。

11 鉄仮面

「若い男の子達のステージの演出？　私が？　またまた冗談を」

電話の相手は舞台制作の会社の社長で、何度か仕事をしたことのある男だ。洒落(しゃれ)た類の冗談をよく口にするが、仕事のこういう類の嘘(うそ)はつかない。

スマホを切ると数分後には10代後半から20代半ばまでのアイドルの資料が15人分ＰＣに送られてきた。舞台の演出家という仕事をしているのに、恥ずかしい話だが最近の若者の顔は区別がつかない。

大雑把に3タイプくらいに分かれた綺麗(きれい)な顔立ちの少年青年の写真を眺めながら、私は来年のスケジュールを頭で整理していた。年明けにまずは親しくしている劇場のプロデュース公演、春に自分の劇団の公演があり、冬には頼まれているコメディの舞台。

夏の終わりならばやれないこともないが、夏は舞台をやらずに毎年執筆に力を入れることにしている。

オファーされた舞台は歌もダンスもある。舞台というよりもショーに近い。もちろん歌もダンスもセクションごとに指導者が入るわけで、私の役割は芝居パートと全体の調整だ。

コートを着て散歩に出る。狭い空間で思考を巡らせることも大事だが、気分の転換も必要だ。演出の仕事を始めて25年。よもやこのタイミングで未経験のジャンルの仕事が飛び込むとは想定してなかった。

冬は片想いを育てるには都合の良い季節だが、新しい扉を開く心を温めるには少々重い季節だ。想定外なことをして今更名前に傷がつく可能性を生む必要もなければ、ようやくここ数年間は仕事の年間リズムが安定してきているのに乱す必要も無い。

北風が吹き抜けてマフラーに顔を埋めた。コタツでの仕事は膝を痛めるから避けたいが、冬はどうしてもあの温もりから離れられない。微妙な膝の痛みを感じながら人生を折り返しているのかいないのか？　そんな答えのないことを考えていると、遠くで小学生くらいの少年が2人、何かを叫びながら楽しそうに命を輝かせて走っていた。離れていてもわかる嫌に白い少年の膝がスムーズに機能しているのをみて、自己否定が湧き上がってきた。

人間は些細なことで気持ちが滅入る。しかし、人間は思考を巡らせることで、どんなことでも前向きに捉えることが出来る便利な生き物だ。今までは先人から学んできたが、これからは若人に何かを教えてもらう歳になってきたのかもしれない。

と自分に言い聞かせて、膝の痛みを見て見ぬふりして歩くスピードをあげてみた。

翌年の梅雨明けと共に私は顔合わせの場にいた。目の前には15人の若者がマスクをして座っている。顔合わせだよな？　まあ、本読みが始まってからゆっくりと顔を覚えようと思った私が甘かった。

若者達はマスクをしたまま頑張って台詞（せりふ）を言っているが、まだ読み込めていないし台本を見ているので下を向いているし、発声の訓練も受けていないので声が届かない。本格的な稽古が始まったら細かいところは詰めればいいのだが、もごもごとした声だけが響く、不思議な顔合わせになってしまった。

途中でマスクを外して私に挨拶をしようとした青年がいたが、すぐに制作陣に注意されていた。

結局この日、私は彼らの顔を一度もちゃんと見ることはなかった。覚悟はしていたが、ここまで徹底する制作チームだとは想像もしていなかった。それにしても本当に困った世界になったと改めて感じて家路についた。

翌朝、私は9時に体温を測り平熱であることを制作の女性にメールした。本日から稽古が本格的に始まる。稽古場がいくつも入っている新宿の大きな建物の自動ドアを通ると、建物のスタッフがセンサーで私の熱を測った。

平熱だったので手を消毒してエレベーターに乗り、稽古場のあるフロアへ。自分がこれから1ヶ月間稽古する部屋を見つけドアを開ける。待ち構えていた制作が私の体温をセンサーで測る。

「いや、あの、今日朝からもう3回目なんだけども」

「平熱ですね。問題ありません。おはようございます」

マスクをしているので、笑顔なのかすらわからない。そもそも目の前の制作の女の子とも今回が初めてであり、まだ顔を見ていないので、見ず知らずの他人に厳しく管理されているような感覚に陥る。

脚本家は最悪プロデューサーとだけ顔を合わせて打ち合わせして執筆することもできる。演出家とも基本的には擦り合わせがあるが、最近では無い舞台も多い。

それに引き換え、演出家はとにかく人に会う職業だ。プロデューサーはもちろん制作の人間に、当たり前だが出演者に出演者のマネージャー。それに舞台監督率いる舞台チームに、美術チームに衣装チームに音響チームに照明チーム。さらに現場によっては映像チームにメイクチームにダンスチームに歌唱チームに……キリがない。

狭い世界でもあるので、名前を覚えることや失礼がないことは当然重要で、仕事が増えるか減るかに大いに関係してくる。

座り心地の悪い気持ちの落とし所を脳内で見つけながら、自分の席に向かって歩いていた際に、広い稽古場のそれぞれの場所より出演者から挨拶が飛んできたが、なんというか全員元気がない。

席について改めて全員を見渡して理解した。元気がないわけではないのだ。全員がマスク、さらにはフェイスガードをしているから声が遠いのだ。少し動揺しながらカバンから台本とペンを出しテーブルに並べていると、目の前に静かにフェイスガードが置かれた。

「もしかして私も？」

「よろしくお願いします」

制作が申し訳ない顔をしているかさえ確認ができない。もしかしたらとんでもない仕事を引き受けてしまったのかもしれない？　そんな気持ちでしばらくフェイスガードを眺めていた。

感染の爆発により春の劇団の公演は中止になり落ち込んでいたが、夏を前に感染者が減ってきたこともあり、今回のショーは稽古初日を無事に迎えることが出来たのだ。舞台で生まれた鬱屈した気持ちは、舞台でしか晴らせないのなら引き受けて良かったなと思っていたが……コロナ禍での初演出の高揚が一気に曇り始めた。

不安なのは演者も同じだ。彼らの父親ほどの年齢の私が動揺していても何も始まらない。スイッチを入れてフェイスガードを付けようとしたが、どちらが前か後ろかわからない。入れたばかりのスイッチがＯＦＦになる音が体内で小さく響いた。前途多難とはこのことだ。

出演者に集合をかける。改めて演出家として自分の紹介と、これから始まる稽古への意気込みなどを語ろうと思ったのだが、タイムスリップしてきた現代人を遠くから見ている原始人のように、一定の距離をあけて私を真っ直ぐ見たまま近寄ってこない。

私は制作の方をチラリと見て疑いながら聞いた。「嘘だよね？」「必要最低限、密は避けるように社長に言われています」必要最低限。不要不急。最近では言葉の意味がわからなくなることが多い。

私の挨拶は不要なのか？　いや、挨拶は必要だが、集まることが不要なのだろう。まあ確かにそうかもしれないが……

「芝居で集まるのは？」

「なるべく演出上なくしてください」

「握手やハグは？」

「演出上どうしても必要な場合は社長にビデオで確認してもらいますが、なるべく接触しない表現方法に変えていただけると助かります」

前半の本読みを軽くして早々と休憩をとり、私は喫煙所に向かった。想定していたよりもルールが厳しい。もはやこれは仕事として後出しジャンケンのような、もっと酷い言い方をするならば詐欺みたいなものだ。

頭を抱えながら2本目の紙タバコに火をつけて、違和感を覚えた。今回の出演者は誰もタバコを吸わないのか？　そんな現場は初めてだ。まあ若い子のタバコ離れは聞いたこともあるから不思議ではないが、技術のスタッフも誰も吸わないなんてあり得るだろうか？

私は急いで稽古場へと戻る。靴を脱ぎ稽古履に履き替えドアを開けると、制作の女の子が立っていた。


「消毒と検温をお願いします」

消毒は理解できるが検温はもういいだろうと思いながらも平熱を確認して尋ねる。

「ひょっとしてタバコって？」

「基本的に出演者とスタッフは、稽古期間中は喫煙所への出入りは禁止です」

「私も？」

「可能ならばそうしていただきたいのですが、この件に関しては社長も本人と話をして決めて欲しいと」

「では、1日2本だけ」

「………了解しました」

なんだ今の間は？　不服か？　タバコを吸わないで稽古するなんて想像も出来ないのだよ。

彼らの表情や本来の声質すらわからないまま初日の稽古を終え、感染予防用のビニール袋からカバンを取り出し台本を入れていた。制作が出演者へ感染予防に関する行動自粛の説明をしている声が聞こえてきたのだが、内容は凄まじいものだった。

　稽古期間から本番が終わるまでの2ヶ月間、家族と仕事の人以外との接触禁止。会食はもちろん飲食店に1人で食べにいくことも禁止。可能な限り、徒歩または自転車で移動する。3日に1回の抗原検査に週に1度のPCR検査の徹底。家では栄養のあるものを食べ、部屋で適度な運動をし、湯船に浸かり、12時までには就寝し8時間は睡眠を取るようにして、各自免疫力を高い水準で保つ。

　すでに20分ほど説明が続いているが、若い出演者は台本の空白にメモを取りながら真剣な眼差しで聞いている。ギリギリ目だけは見えるのだ。本番を迎える頃には私の芝居へのダメ出しよりも感染予防のメモの方が台本に多く書かれているのではないだろうか？

　もしも自分が出演者ならば、これからの2ヶ月間の軍隊のような生活を想像し免疫力が一気に下降するだろう。隣にいた制作の男の子に、思わず尋ねる。

「少し厳しすぎない？」

「うちの会社が携わっている舞台は全てこのルールでやってます。楽しみにしているお客様のためにも公演を行うことが最優先です。そしてそれは出演者のためでもあり関わる全てのスタッフのためでもあります」

　言い返す言葉などない。仮にこの現場で陽性者が出てしまったら一体どれほどの損失で、その補償は誰がするのだろうか？　数千万は確実で、恐怖を感じそれ以上は頭で細かく計算することをやめた。

さらにこの制作会社の舞台は同時期にいくつも並行して本番と稽古をしているわけで、ここで感染者が出たことで他の舞台へ影響が出ることもあるかもしれない。現場を掛け持ちしている技術スタッフもいるかもしれないわけだ。

これはいよいよ私も覚悟を決めないといけないかもしれない。説明を真摯に聞き、毎回誠実に返事をしている若い演者達。彼らが装着している不織布マスクとフェイスガードが、私には段々と鉄仮面に見えてきた。

12 お化けvs政府

平和な世の中に暗雲が立ち込めたのは、とある1つのニュースがキッカケだった。

『元気だった者が突然倒れて死んだ』

そんな事例が、地方都市の同じ街で数日の間に立て続けに起きたのだ。

原因は不明だったが、息をひきとる前に同じようなことを口にしていたという。

それは「お、オバケが出た」というものだった。

このニュースは、当初はゴシップ的な扱いを受けていたが、時間とともに誰も茶化さなくなった。何故ならば死者の数は日に日に増し、凄まじい勢いで発生地域も拡散していったからなのだ。人々は目には見えない恐怖に震えることしかできなかった。

1ヶ月ほど経過する頃には、神社庁には様々な情報が集まってきていた。

○幽霊を見た者は必ずしも死ぬわけではない。
○幽霊を見た者の変化は様々で、死亡するもの・熱が出るもの・寒気が止まらなくなるもの・五感に変化が出るもの・何も起きないもの等。
○幽霊を見た者の家族や同じ職場の者などが数日後に幽霊を見る事例が多い。
○幽霊は屋外でも屋内でも見える。
○目撃された幽霊は全て同じ冠を頭に載せている。
○同じ冠を載せているが幽霊本体には微妙な違いがある。

国内で有名な神主や祈禱師や霊媒師が日夜神社庁に集まり、情報を整理し分析していた。政府は迅速な事態の収束を望み、神社庁には様々な角度から圧力がかかっていた。

確かなことが定まらない中で、神社庁の沖田高官は国民に向けて会見を開かなくてはならなくなった。沖田は何度も時期尚早だと政府に伝えたが、全くもって聞いてもらえずに腹をくくった。沖田は言葉を選びながら、国民の不安を煽らないように要点をいくつか絞り込み喋った。

○幽霊を見た者は速やかに役所に連絡をすること。
○幽霊を見ても慌てて神社に駆け込まないこと。
○幽霊を見た者は他の者との会話や接触を控えること。

幽霊の目撃は国内全域にわたり、死者は1万人を超えた。国内は幽霊騒動が起こる前の世の中とは違う景色になった。

○仕事以外での外出をしなくなった。
○人同士が近寄らなくなった。
○多くの商いが店を閉じた。
○幽霊を見た者を差別し、集団暴行で殺してしまう事件も多発した。
○御札（おふだ）が買い占められるようになった。

国内にある神社では人々が駆け込み除霊を懇願し、御札を作っても作っても間に合わなくなり疲弊し続けていた。

神社庁で対応すべき問題の中心は『幽霊騒動』から『神社の保護』に移行していた。

庁内に出入りしている人間は誰も口にしなかったが「全ての人が死なない限り、守るべきものは人命よりも神社だ。自治体や経済が壊滅的なダメージをうけても、国が滅びず神社が存続していれば再興は可能だ。神主と巫女（みこ）が死に神社が一度崩壊すれば再興はない」というのが一致した見解だった。

沖田の心の中にも同じような気持ちがないわけではないが、沖田は神を信じ神事を重んじて生きてきたものの、盲信せず冷静に森羅万象を見続けてきた。

国民の間で御札の奪い合いが過熱し、御札をめぐり強奪・殺人・放火が繰り返された。

政府は治安庁と協議を重ね、会見を開いた。

「御札の効果の証拠はない。御札は必ずしも貴方(あなた)を守るものではない」

神社庁に稲妻が走った。そもそも今の政権は神社仏閣への予算を年々削減し、近代化への加速を露骨に図ってきたが、最も長い歴史を持つ神社庁はそれを仏の心で我慢していた。しかし今回の政府の会見での発表は、明らかに禁忌だった。沖田は生まれてから初めて腹の底からの怒りがこみ上げてきた。

国が先にあったのではない。神が土地を作り植物を生み、そこにまた神が宿り、霊が宿り、人間が生まれた。生んでもらった人間が、土地を借り神を崇(あが)め霊とともに営み、歴史を刻んできた。

人が霊を宿し人が霊に変幻することもあるが、そこに悪という概念はなく、霊と人間の欲望のすれ違う場合が時折あるだけだ。そうして神と精霊と人間を繋(つな)いできたのが、神社仏閣であり神主であり巫女であり僧侶達だ。

その長い歴史の中で祈りや願いを具現化しようとした試行錯誤の果てに『札』がある。御札を否定することが、何を意味するのか？　そんなことすらも理解できずに、現世における治安という小さな大義名分の為に神や歴史を愚弄する発言。

「御札の効果の証拠はない」

神社庁に大きな物音が鳴り響いた。沖田が机を殴り真っ二つにしたのだ。たえず冷静な沖田を見続け、付いてきた部下達は驚きの目で彼の方を見た。全員が抱えた怒りを一手に引き受けたように沖田からは怒りの空気が立ち込めていた。

「自惚れてはならないのだ人間よ。なにが大前提の統治か？　本来の政治の意義とは？　大前提すらも見えていない人間が国を滅ぼすのだ！　宇宙を含めた森羅万象の循環の一部でしかない人間が真理から離脱して石を投げるような所業。いや唾を吐くかの如き愚行。恥を知り分をわきまえ発言を撤回し陳謝し生き直せ。……クソが」

沖田の怒りはつま先から頭頂部を越え太陽に届き、憎悪に震え悲しみに襲われ絶望に包まれ虚無のトンネルを越え、静かに涙が流れた後にシラフに戻った。続けられている会見から視線を外し、黙々と鞄に荷物を詰め家路についた。誰１人として彼に声をかける事は出来なかった。

ここからは速かった。翌朝に沖田は一晩でまとめた資料を手に神社庁長官の元へ。その晩には長官と野党第一党党首と、とある人物の密会が開かれ沖田も同席した。

急激にお化け騒動の被害者数が減少し、与党は好機と睨み「そもそもお化けなどいない」と発言した。もちろん国内の混乱を落ち着かせる意の発言だったが、結果的に『御札の効果の否定』『お化けの存在の否定』、この2つが命取りとなる。

与党の発言の翌日には、お化け騒動の新規被害者は爆発的に増大した。野党はお化けの存在と御札の効果を認め、声高らかに連日連夜、国民に唱え続けた。

「どんどん死者が増えております。これは災害なのか？　お化けによって殺されているのか？　いいや、これは与党による人災であります！　古来お化けはいます。これは紛れもない事実。御札が我々を救い続けたことも紛れもない事実。今回の騒動は、何かのバランスが崩れてしまったのです。それを解明し、対応をしなければいけないのに、政府は御札の効果を否定するどころか、お化けまでも否定した。これは我々人間の否定でもあり、国を守ることすら放棄したと同義です。立ち上がりましょう！　さもなければ我々はもっと殺されるぞ！　お化けに殺されるのではない。国に殺されるのだ！　我々は特別に専門家らと秘密裏に計画を進めてきた。そうしてようやくお化けを見なくなる特別な水、さらにはお化けを見てしまっても死ぬことは免れる塩の開発に成功した！　この食塩水を飲むことで、もう皆さんはお化けによって死ぬことはないのであります！　さあ、明日から近所の神社で聖なる食塩水の配布を開始します。まずは高齢者の方から……」

新しい政権が発足し、お化け騒動は一気に沈静化した。新しい国の長が国民の前に姿を現し、騒動の終息の宣言をした。集まった何十万人もの国民は歓喜の声をあげ、それから三日三晩は国をあげての祭りとなり、仕事や学び舎（まなや）は休みとなった。

それからしばらくしてまたお化け騒動が起こった。しかし、新しい政権はその都度新しい食塩水を開発して、騒動を抑え込んだ。それが何年も繰り返された。新政権は完全に器用に国民感情をコントロールしていた。

当時の野党第一党党首と神社庁長官と密会をしていた人物は、霊となった平清盛であった。もちろん三者を繋いだのは沖田である。が、これはどこから仕組まれていたのか？　そもそも何故にお化け騒動が起きたのか？

それは誰も知らない。沖田は利用されただけなのか？　沖田が動かなくても時代は変わっていたのか？　野党の思惑なのか？　お化け達の思惑なのか？　それとも当時の与党の誰かが仕組んだことなのか？　こういう事象は時が流れてからようやく真実が判明する……本当だろうか？　今回の騒動の真実を国民が知ることなど１０００年後にもあり得ないのだろう。

しかし、沖田にとっては事のカラクリ・真実などどうでも良かった。神に祈りと感謝を捧げ精霊を含めた霊の類と共存することこそ人間の幸福な生き方。それを汚される事なく営むことだけが、沖田にとっての正義である。

あの会見の日から沖田のことを変わったという人がいた。しかし、それは違う。振る舞いが変化しようが、職業や生活様式が変化しようが彼は彼である。彼には真実よりも重くて強い信念があったから、彼の本質は何があっても変わらないのだろう。

13 人を動かすな！

1人の女が2人の男に喋っている。

「うちの主人は国内最大シェアの大手通信会社で働いていました。順調に出世もしていましたし、給料も申し分ないほどもらっていました。真面目な人で、私にも周りの人間にもとても誠実でした。

そうですね。強いて言うならばですが、熱中しやすい性格で少しだけ神経質なところがありましたが、そういう性格が出世につながってたと思いますし、会社のみならず業界の未来に対して、強い想いがあったようです。

えーと、大学時代の友人と食事に行くことになったのですが、気が重いようでした。嫌味な奴らであまり会いたくないが、自分が行かなければ裏で言われ放題に言われるのも癪だから行く、と言ってました。2019年の春のことだったと思います。

お酒はあまり強くない方ですが、その晩はかなり酔って帰宅しました。悪酔いといいますか、悔しいと言って泣いていました。5Gが潰されると言ってました。エネルギー府で働いている方と原油関係の仕事の方がいて、なんだかその方々とかなり言い合いになったようでした。

はい、偶然なのかはわかりませんが、その頃から5Gは人体に悪い影響が出るとか、鳩が大量に死んでいたとか、人間を操るためのものだとか、そういった類の噂をネットでよく見かけるようになりました。

主人は、そういう記事などを見るたびに悔しそうにしてました。私は主人が5Gに通信業界の明るい未来を託していたのを知っていましたし、5G以降のフェーズの準備も始めていることを知っていましたので、励ましたり気にしないように促したりしました。

しかし、実際に国や地域によっては5Gの導入を予定よりも延期する動きが出始めたようで、毎日のように圧力だ圧力だと言っていました。人類を進化させない馬鹿どもだ！自分たちの保身のために世界を遅らせている悪魔だ。犯罪者だ！

主人の発言は、日に日に過激になっていったように思います。会社に行く時間も早くなり帰宅も遅くなり、出張も増えました。それに家に帰ってきても部屋で何かを調べているのか？　作っているのか？　閉じこもり、何かをしている時間が増えました。

ある日、私が家に帰ると主人が珍しくリビングでくつろいでいたんです。これは戦争だと言ってました。ついに完成したと言っていました。この頃の主人の言動はかなり不安定になっていましたし、何のことを言っているのかもわかりませんでしたし、私は主人の心と体がただただ心配でした。

過激なことを言っていましたが、見たこと無いほどに上機嫌で、普段は口にしないウィスキーを1杯だけ飲んで、万歳万歳万歳！ と何度も何度も叫んでいました。今振り返ると、あの時に主人をしかるべき場所に無理矢理にでも連れて行くべきでした。

主人が夜に大きなカバンを持って家を出ました。私が会社なのかと聞くと、会社ではないが大事な仕事なんだと言ってました。家を出る前に最後に言った言葉は、人流を止めてくる、でした。

その時は意味がわかりませんでしたが、主人が何かとてつもなくまずいことをしたのだと、後で気がつきました。その後、テレビを見ながら毎日のように喜んでましたが、段々と暗くなり私とも何も喋らなくなりました。

勝手に会社を辞めてきて、毎日ニュースばかり見ていました。世界のニュースを、貪るように24時間見続けていました。何度か病院に連れて行きましたが、何も喋りませんでした。気をつけていたのですが、２０２０年の6月の雨の日、主人は部屋で首を吊っていました。

私を含めた一族では誰も主人がしたことを知らなかったんです。どうか許してください！」

男の1人が答えた。

「実は、我々はなんの事件についての聴取なのか、聞かされていないのです。我々は事務的に話を聞くことだけを指示されてます。おそらく次に話を聞く際は、我々ではない者が聞くことになると思います」

女はうなだれ別の男に連れて行かれた。

部屋に残った2人の男の若い方が口を開いた。

「先輩、これって昨年の施設爆破事件がらみですよね？」

「俺達は言われたことだけしてればいい」

「すべての取り調べや調査を個別にやって、上が吸い上げて事件の輪郭を探る。こんなことってよくあるんですか？」

「俺も初めてだ。それくらい慎重に進めないといけない案件なのだろう。今世紀最大、いや人類史上最大の殺人事件になるかも知れないわけだからな」

「本当に個人的な怨みが原因ですかね？　今回の騒動で儲かってる業界が裏で……」

「憶測はやめとけ」

14　パチンコ屋の存在価値

パチンコ屋の事務所で朝礼が行われていた。

「今日は年金が振り込まれるから、お客さんの動向に充分に注意するように」

店長の堂島（どうじま）の言葉を聞いていた赤城（あかぎ）が口を開いた。

「店長、アレですよね？　使いすぎていた場合は注意をして、フリースペースに誘導してお茶を勧めるってことですよね？」

「そうだ。何か問題でもあるのか？」

「優しすぎますって。ここはパチンコ屋ですよ？　年寄りの財布事情気にしてどうするんですか。働きながら介護してる気分になりますよ」

他の従業員から笑いが起こった。当の赤城も含めて全員が優しい笑顔を浮かべている。

1人だけ真面目な表情の堂島が喋る。

「財布事情を気にしているのではない。人生事情、生活事情を気にしているだけだ。我々の仕事はなんだ？」

「金儲けでーす」

茶髪の黒崎エミが緩く応えた。

「そうだ、金儲けだ。この店舗で働いてみて、給料が振り込まれなかったことあるか？給料が不当に安かったことがあるか？　ないだろ。金儲けはそのことからも成立してるだろ。じゃあなぜ金儲けができているか？　うちに来てくださるおじいちゃんやおばあちゃんが健康で元気で、そして破産しないから成立してるんだ。よって、私が優しすぎるということはない。むしろ鬼の店長、守銭奴の堂島だ。どうだビビったか？」

「誰もビビんないですよ！」

赤城のツッコミでまた笑いが起きた。

ミーティングも終わり、それぞれがマスクをしてフロアに向かった。堂島は3ヶ月前に従業員になったばかりのエミに声をかけた。

「調子どうだ？」

「朝にも慣れてきて、だんだん調子良くなってきました。怖い人もいないし、前の職場みたいなダルい人間関係もないし」

「それは良かった。なんかあったらすぐに相談するようにな」

「不思議なんですよね」

「何が？」

「ここで働いてる人って、みんな楽しそうなんですよ。まあ、それはいいとして、お客さんも楽しそうなんですよ。パチンコ屋のイメージ変わったっていうか、勝ってる人ならまだしも負けた人も笑いながら帰って、でまた次の日に来てて、なんすかこれ？」

「オーナーの人柄が全部だよ。それとみんなの頑張りのおかげさ」

「あと、常連さんの勝ったり負けたりもちょうど良いっていうか、アレですか？ 台の釘がどうこうってやつですか？」

「ここは都内でも珍しい釘をいじらない店だ」

「そうなんだ。よくわからないですけど」

笑いながら出て行こうとするエミに堂島は続けた。

「ここの玉は生きてるんだよ。だからみんな楽しいんだよ」

営業が始まりパチンコ屋『ネバーランド』には、いつも通り多くの客が訪れていた。都心からは少しだけ離れた急行の止まる駅前にあるここの客層は、この街に住む人達が大半であった。年寄りが5割、中年が3割で若者が2割といったところか。

常連客と若い店員が気さくに喋り、フリースペースでは複数の年寄りが、喋ったり新聞を読んだりお茶を飲んだり自由に過ごしていた。パチンコをしない来店者もいたが、オーナーの意向で店側は容認していた。

店長の堂島は年配の客からドウちゃんと慕われていた。

「そうだ！　ドウちゃん、さっき店の外にテレビカメラ来てたよ！　いよいよ俺が有名人だってバレたのかもな？」

「だとしたら、店としても宣伝になって嬉しいですよ」

堂島は笑いながら答えたが、年寄りが去ってからは険しい表情で外を睨んでいた。

「店長、あいつら許可ってとってます？」

「オーナーからは何も聞いてないな」

「ちょっとばかし行ってきましょうか？」

鼻息の荒い赤城に対し堂島は冷静に答えた。

「余計な映像をプレゼントする必要もないだろう。お客さんに何かするまでは無視してよう」

「了解です！」

赤城はトイレに立とうとしているお婆(ばあ)さんを見つけ、手を貸すために走り寄っていった。

「そうか、今日もテレビ局来てたか」

営業終了後のオーナー室。オーナーの金田(かねだ)と堂島が向かい合って座っていた。

「どうしてうちなんでしょうか？」

「組合に加盟している中でもうちは小さい方だからな。まあ大手には行けないから、うちなのか？　それともメディアと大手では、もうある程度の話ができてるのか？」

　金田は差し入れの饅頭を食いながらそう言った。

「これ美味いな」

「みどり婆ちゃんからです」

「明日、勝たせてあげてくれ」

「神に頼んでおきます」

　この店では毎日客からの差し入れがなにかしらあった。

「テレビ、明日も来るようだったら対応を考えようか？」

「お願いします」

「それから、多少の先回りも必要になるだろうから……」

「玉の消毒ですか？」

「なんだ、ドウも考えてたか？」

　金田は嬉しそうにお茶を飲み、

「消毒液の量も多いし、用意するのに多少時間がかかりそうだから、３日後の営業終わりでやってみるか？」

「了解しました。ではそのことについては自分が後で話してきます」

「おう」

２０２０年2月、世界はコロナのニュースに包まれた。春を前に日本でも多くの日常が変貌を遂げ始めていた。人が集まるところが徐々に限られ、スーパーは必要でパチンコ屋は不要、満員電車は黙認。結果、世の中の視線が急にパチンコ屋に集まり始めていた。

「どうなっていくんだろうな」

「自分には分かりませんが、今はやれることをやっています。従業員はもちろんのこと、うちのお客様は全員がマスクの着用を徹底して下さっています。入店時のアルコール消毒も協力してくれますし、極力パチンコ玉にも触らないようにアナウンスしてます。パチンコ屋ですからもとより換気はぬかりないですし、一応開けれる窓や出入り口も開放してます」

「音は？」

「店の周辺で確認しましたが、10メートルも離れれば街の音にかき消されますし、20時以降は店内のお客様には気づかれない程度まで音量下げてます」

「まだできることあるかもしれないし、俺も何か浮かんだら相談する」

「ありがとうございます」

「で、ドウの意見は？」

「昨年から今年にかけて従業員になった３人ですが、誠実に仕事に取り組んでくれています。自分も若い頃に夜の仕事から入ってきた身ですからよく分かります。職業を差別するつもりは毛頭ないですが、やはり人間は可能ならば昼に働いて夜に寝た方が健全です。心に隙が生まれづらいと言いますか、ですので彼らの労働のリズムを崩したくないというか……」

「わかった、わかった。真面目がドウの強みだな」

「すみません」

「店に来た時はまだ20代で、チンピラみたいだったけどな」

からかうように喋る金田に堂島は頭をかきながら、

「もうその頃の話はやめてくださいよ。自分は金田さんとギンに出会って人生が変わったんですから」

と顔を赤らめて言った。

「休業も考えてはいるが、しばらくはこのまま通常営業でいくか」

「はい！」

「久しぶりに飲みに行くか？」

「これからまだ仕事残ってるので明日にでも」

「頼もしいよ」

鍵のかかったドアを開け階段を降りて地下へ行く堂島。階段を降りるとまたすぐにドアがあり、解錠して開けると広い空間に出た。方々から堂島に声が飛ぶ。

「久しぶりドウさん！　元気か？」

「おい！　ドウちゃんも早く良い女見つけろよ！」

挨拶や笑い声が混じり合う中で、堂島は広い部屋の中央に進んだ。そこには大きな椅子があり、大きな銀色の玉が座っていた。

「なんか世間が騒がしいらしいな。ドウ、何が起きてんだよ？」

「ギン、感染症ってわかるか？」

「バカにしてるのか？　最新のことじゃなければ、お前らが知ってて俺達が知らないことなんてねぇんだよ！」

「そうだったな。にしても参ったよ」

ようやくリラックスできたのかタバコに火をつけようとした堂島に、

「禁煙だ」

大きな銀の玉が言った。

「ここもかよ⁉　勘弁してくれよ！」

周りにいた何十万のパチンコ玉から一斉に笑い声が起こった。大きな銀の玉『玉王の銀』も豪快にゲラゲラ笑い、堂島もむせ返るほどに笑いながらタバコに火をつけた。小さな銀色の玉が何玉かで灰皿を運んできて、堂島はお礼を伝えた。

「どうすればいい？」

「3日後に全員を消毒する」

「アレか？　過去に何度か経験があるがスースーし過ぎて俺は好かん」

「毎週やることになるかもしれない」

「はあ？　冗談じゃないぞ。おい聞いたかみんな！　ストライキの準備だ‼」

　玉の群衆は大盛り上がり。

「ギン！　本気にする奴いるから変なこと言うなよ！」

「わかってるよ。なんだよ、洒落のひとつもわからねえほどに追い込まれてるのか？」

「まだ追い込まれてない」

「そういう言い方するってことは……」

「ここがどうこうじゃなく、業界そのものが岐路に立たされる可能性も秘めてる」

「穏やかじゃないな、そりゃ。とはいえ俺だって長い間パチンコ玉として生きてきたんだ。ピンチもあったさ。でもその度にピカピカ生き抜いてきたってもんよ！　なんとかなるだろ」

「おう。なんとかなるし、ならなければ、なんとかするまでよ」

「ドウ、金（キン）ちゃんは？」

「金田さんも色々と考えてるようだから、まあ安心だけどな」

「まあ、俺達は共に金ちゃんに助けられたタマ同士。どこまでもついていくだけさ」

「支えながらな。って俺は玉じゃねえよ！」

「命って書いてタマって読む方のタマのことだよ」

「上手いこと言ってんじゃねえよ！」

またしてもどっと笑い声が渦巻いた。誰がかけたのか急に爆音で軍艦マーチが流れ出した。

「昭和、平成、令和！　流れゆく激動のこの日本で、絶え間なく鳴り響き続けた遊戯場！パチンコ屋とはまさにここ！　弾かれ翔ばされ穴に落ち、それでも上から下まで流れ流れた銀の月！　パチンコ玉とはまさに俺達！　さあ、景気良く行こうじゃないか！」

ギンの弾けるような声が轟き、数え切れないほどの銀玉達が躍り始めた。そう、ここは都内で唯一、玉が生きてる遊戯場。


それからの1週間、メディアは連日の放送でパチンコ屋を叩き続け、世の中の風当たりは当初堂島が想像していた強さの比ではなかった。

開店前に外に並ぶ人達にはカメラが向けられ、時にインタビューさえもされた。よくわからないYouTuberもやってきて拡声器で、

「あなた達が感染を拡大させている。家に帰りなさい！　医療従事者に謝りなさい！」と騒いだりもした。客はだんだんと減り始めていた。

「悪い方向に向かってるな」

金田が美味そうにたい焼きを食べながら堂島に言った。オーナー室にはまたも2人だけだった。

「悔しい気持ちで一杯です」

「まあ言いたいことはわかる。でもこの流れは変えれないわけだ。お客の様子は？」

「家族と同居している年配の方は、周りに反対されて店に顔出しづらくなってるようです。若い層はあまり影響なく、なんならテレビ見て営業してるの知って新規の客が増えてるくらいです」

「なるほど。バブルの頃はそれでも良かったけどな。今は違う。俺とお前とギンでずっと話し合ってきて、ようやく見え始めた今のパチンコ屋の理想形。遊戯場ってのは社会の写し鏡であり、変化し続けないといけねえ。人暮らししてる爺ちゃんや婆ちゃんが金を使わなくても寂しさを溶かせる場所が必要だ」

「コロナさえなければ、かなりその空間に近づいていたように思います」

「だな……ドウ、お前の意見は？」

「従業員達もかなり動揺してます。問題が難しすぎる面はありますが、心の持ちようがわからないようです。コロナの感染も心配、店の経営や自分の給料も不安、働いているだけで自分が悪のように報道されるジレンマ。あいつらのことを考えれば、もしかしたら休むことも必要かもしれません」

「そうかもな。で、お前の意見は？」

「休んだ場合、お店の経営は大丈夫でしょうか？　何か補償のようなものは？」

「今のところ国からも都からもパチンコ屋へのそういった話はない。とはいえ、お前は経営のことは考えるな。俺はお前自身の思ってる事を聞きたいんだよ」

「まず、ここを第二の家と思ってくださってるお客様のためにも、ここが無くなることだけは避けたいです。その為の休業ならば致し方ないとは思いますが、従業員のことや経営を考えれば営業する道を探したい。しかし、営業することでこのネバーランドが世間から叩かれることも耐え難いです。ここはそこいらのパチンコ屋とは違います！」

　興奮して立ち上がった堂島は、自分を見上げながらたい焼きのしっぽを食べてる金田を見て冷静さを少し取り戻し、

「すみません。従業員の心がどうこうの前に、自分自身の考えすらまとまってませんでした」

　と言いながら、悔しそうにゆっくりゆっくりと座った。

「俺は一緒にここまでやってきたお前の意見が知りたいんだ。お前自身の心の声だ。でも、

お前は何度聞いてもお前のことじゃなくて、店や部下や客の目線でしか話さない。俺は今、そんなお前に心底感謝しているし、誇らしくて嬉しいよ」

堂島は拳を強く握り俯いたままだった。テレビからは夜のニュースでパチンコ屋のことが取り上げられ、コメンテーターが何かを喋っている映像が流れていた。

「ひとまず明後日から3日間の休業だ」

「金ちゃんが決めたのなら従うだけだ」

堂島の報告に大きな銀の玉は自分の丸い体を大きなタオルで磨きながら答えた。

「ドウも金ちゃんも理解してると思うが、俺達みたいな生きた玉はパチンコ台で好きな方に飛べる。好きな方に飛べるからといって狙い通りのところへ行けるかは別だ」

「なんだよ、今更」

「店、客、玉。この三位一体があるからネバーランドは最高にご機嫌な店なのさ。客を楽しませるために俺達は考えながら飛び回る。負けても勝っても客をドキドキさせることができる。店はそんな客と玉を大事にする」

「理解してるさ。まあ生きた玉がいるって知った時は自分の頭がおかしくなったのかと思ったけどな」

「生きた玉が大事ってことだ。玉は産まれてすぐに大体死ぬんだよ。なんでかわかるか?」

「知らん」

「しばらく放置されると酸素が全身に回らなくなってただの鉄の塊になるんだ」

「放置？」

「要するにさ、ほったらかさずにパチンコ台で回してくれるだけでいいのよ」

「なるほど」

「だからわりと管理が難しい。生きた玉を運んできて、お客が沢山いて営業を続けていれば全部の玉が生き続けられる」

「ん？　ここが３日も休むなんて初めてのことか？」

「そういうことだ」

「待て待て待て！　このことを金田さんは⁉」

「もちろん知ってるよ。俺達が１週間放置されたら死ぬってな」

「え？　１週間？　じゃあ３日なら？」

「ただの玉休みさ‼」

「驚かせやがってバカヤロウ‼」

暗く広い空間に溢れる玉達の大爆笑の声。堂島も泣きながら笑っていた。空には綺麗な満月がニコニコと光っていた。

しかし、それからしばらくの間、叩かれ続けるネバーランドが休むことはなかった。椅子の上でクルクル回りながらギンは堂島に尋ねた。

「別にいいんだけどさ、どうなってんだよ、ドウ?」

堂島は満月の日の次の日の話を銀の玉に伝えた。

「休まなくて良いってどういうことですか?」

「組合からだ。むしろ、休むなってことだ」

金田は何も食べずに堂島に説明を続けた。

「緊急事態宣言がついに出たわけだが、政府は批判の矛先が自分達に向けられる可能性を危惧してるわけだ」

「……パチンコ屋が身代わりになれってことですか?」

「身代わりか……もしかしたらそれなりの見返りが業界には用意されてるのかもしれないが、残念ながら詳細はこちらまでは降りてきていない」

「従業員のメンタルはどうなりますか? 来てくれるお客様の気持ちはどうなりますか?」

「そこだよな。なんか差し入れないのか?」

「今日はゼロです」

「あらゆる業種の店が休んでるんだから、まあそうなるか」

「今までだって大変だったのに、パチンコ屋だけやってたら大騒ぎになりますよ」

「大騒ぎ大いに結構‼　ってことだろ」

「冗談じゃないっすよ‼　馬鹿にし過ぎですよ‼」

金田は神棚に手を合わせ酒を取り、口にした。

「コロナが明けるまで、俺はこれにて禁酒だ」

金田の顔は笑っていたが、堂島は金田の怒りを感じ適当な言葉を発することをやめた。

「お客にも従業員にも……マスコミにも頭下げながら営業続けるぞ」

「……はい」

「ドウ、すまねえな」

「俺には謝らないでください」

堂島は一升瓶からコップに移し日本酒を勢いよく飲んだ。

「まあ良かったじゃねえか」

笑ってる大きな玉に堂島が怒鳴る。

「よかねえよ‼　ネットに顔写真を勝手にあげるやつなんかもいるし、若い従業員はまいっちゃってるよ。マスコミも毎日毎日ウロウロしやがってよ！」

「ドウ、俺はお前よりも長く生きてる。だけども、お前とならば金ちゃんを支えられると思ってタメの契り結んだわけだよ」

「あ——もう！　悪かったよイライラして！」

「ここは大人が楽しみ子供が憧れる夢の遊戯場だぜ？」

そこまで言うと銀の玉はニヤリと笑った。すると仕方なさそうに、

「関わる奴が笑顔じゃなくてどうするんだ？　さあ大回転で開店だ‼」

と堂島が続けた。

「金田さんの口癖な。わかったよ。楽しく景気良くやるよ！」


パチンコ屋への風当たりは上昇し続け頂点に達した。隣の県でパチンコ屋が放火されたのだ。夜中の事件だったので幸いにも怪我人は出なかったが、翌日からメディアではさらに過激にパチンコ屋問題を取り上げた。

その一方で客は増え続けた。学校も会社も休みになり、行くところもない若者が近隣の駅から続々と集まってきていた。朝から並ぶ客に対して叫ぶYouTuber、それにイライラして揉め事が起きれば、カメラは臨場感たっぷりに撮影をする。

もう無茶苦茶だった。従業員で休むものも出てきた。金田も堂島も何かの臨界点を感じていたが、打開策が出ずに黙々と粛々と営業をするしかなかった。しかし、その何かの臨界点はパチンコ屋だけのことではなかった。

初めての緊急事態宣言の歪(ひず)みが国中で発生してきた。飲食店やアパレルの営業問題、医療従事者や保育士らへの偏見と差別問題、イベント業界やライブハウスなどのエンタメ問題、海外から日本に入国する際の水際問題、オリンピック問題に政治問題などなど、きりがなかった。

そうして世間はようやく気づいたのだ。

『パチンコ屋を問題にしている時ではない』

世間様とは本当に勝手なものであり、ある意味ではわかりやすいフワフワした生き物である。メディアからは急にパチンコ屋の話題が出なくなった。一切放送されなくなり、撮影クルーは二度と来なかった。

パチンコ屋のことを放送すれば、何故まだやってるんだ！　もっと大事なことがあるだろう！　と番組や局が叩かれるのは目にみえていた。

堂島は報道が落ち着いたことに関しては心より安堵(あんど)していたが、報道対象はなんでも良いという価値観に、ハラワタが煮え繰り返る想いだった。

「何はともあれ良かったじゃないか！」

ゲラゲラ笑いながら銀の玉が言い放った。

「おいおい本気かよ？　ドウ、なんで泣いてんだよ？　誰にも文句言われないのがそんなに嬉しいのか？」

「それもあるけどよ。やっぱりなんか悔しんだよ、俺は！」

「俺達にとって悔しいことは、何日も連続で同じ客を負けさせちまった時だけだろ？」

「そんなことはわかってるよ！　あーもう！　畜生、申し訳ねえけど泣かせてくれ！」

「おーい、みんな聞いたか？　これからドウが泣くぞ！　滅多に聞けないから、全員で泣き声聞いて盛り上がろうぜ‼」

かつてないほどの歓声が沸きあがった。何十万もの玉達の嬉しそうな雄叫び（おたけび）の異常ぶりは、玉達も実はストレスを感じていたことを堂島に知らしめた。

「そうだよな。俺達だけじゃないよな。すまなかったみんな！　そして、本当にありがとうな‼」

そう叫んだ後、堂島は子供みたいにしばらくワンワン泣いた。それを見て玉達は笑い転げて大騒ぎ。挙句にはまたも爆音で軍艦マーチを流し、好き勝手に躍り始めた。銀の玉も嬉しそうに楽しそうに部屋中を跳ねまくった。いつの間にか堂島も玉達と輪になって騒いでいた。

数日後、政府から組合に要請が入った。加盟店は1ヶ月間閉店するように、と。

「パチンコ屋って、なんなんですかね？」

「世の中的にはあってもなくてもどうでもいいもんだ。だけど俺達にはなくてはならない場所で、同じように思ってくれる人がいる。いつでも賑やかでいっ時だけ何もかも忘れさせてくれる無敵の遊戯場だ」

うなだれる堂島の横で金田は桜餅を食っていた。

「コンビニの餅も悪くねえな」

「コンビニの企業努力、凄いですよ本当に」

堂島はもうどんな心模様で過ごせば良いのか？　誰に何をぶつければいいのか？　何もかもがわからなくなっていた。

「俺から連絡するまで全員自宅待機だ」

「いや、ですけど玉達は？」

「仕方ねえものは仕方ねえ」

「それ本気で言ってるんですか？」

「自宅待機だ」

「……はい」

堂島は立ち上がりお辞儀をして、オーナー室を出て行った。

翌朝、堂島はどう過ごして良いのか見当もつかなかった。これといった趣味もなく、どこかに行こうにも店は何もやっていない。フラフラとスーパーに出かけたが、あまりの混雑ぶりに矛盾を感じてすぐに外に出てしまった。

コンビニで食べ物を買い、公園のベンチで食べた。人は少ない。ネバーランドの様子を見に行きたかったが、金田の指示には逆らえずにグッと堪えた。食事を買う以外は、言われた通りに自宅で待機することにした。

テレビをつけたがしっくりこない。酒を飲もうかとも考えたが、心地好く酔える自信が無く飲むのをやめた。何もしなければ頭に浮かぶのは店や従業員や常連さんや玉達のことばかり。

廃人のように過ごしていた堂島のもとに社長からメールが来たのは4日目の夜のことだった。

『来れるやつだけでいいから、明日店に来てくれ』

翌朝、堂島が店に行くとシャッターは閉じたままだった。裏口から中に入りホールへと向かうとそこには20人前後の人がいた。マスクをした赤城を見つけ話しかけた。

「どうしたんだこれは？」

「堂島さん！　いや、俺らもさっき来たばかりで何が何やら」

「一通り従業員はいるな。あとは誰だ？」

「さっき聞いたら、昨日、日比谷公園の炊き出しに並んでたら社長に声かけられたって言ってました」

「どういうことだ？」

場内のスピーカーから声が聞こえてきた。

「あーあーチェック、チェック」

「社長の声？」

堂島が気づいてフロアの前の方を見ると、制服を着てマイクを持っている金田がいた。

「本日は朝からネバーランドにお越しいただきましてまことに有り難うございます！」

「社長！　何やってるんですか？」

堂島は金田の元に走り寄った。堂島に続いて従業員が、そうしてそれ以外の人間もつられてゆっくりと金田の周りに集まった。

「いやー、久しぶりに制服着たけど、やっぱりいいもんだな」

「営業するならば我々も急いで着替えますけど」

慌てる堂島や従業員を制止するように金田はマイクで流暢に喋り出した。

「店は開けません。開けることができないので開けません！　残念で仕方ありませんが、コロナ恨んで人を恨まず精神で行きましょう！　ということで、今日からはここにいる皆様だけがパチンコを楽しんでください！　だからといって、皆様はお客様ではありません。皆様は従業員でありバイトの方々です。業務内容は至って簡単！　ただただパチンコ台を使って楽しんでもらえればケッコーです！　もちろん、ちゃんと給料も時給も払います！」

ざわざわする面々。堂島は金田の耳元で質問をした。

「お金はどうするんですか？　家賃、光熱費、人件費。どうやってまわす気ですか？」

「経営のことは心配するな。金ならばある」

「社長が自腹切るってことならば、許しませんよ」

「コロナがどうこう言われ始めてから、会社として株に投資してたんだよ」

「株価なんてほぼ下がってますよね？　いくら私が頭悪いからって」

「空売りっていうのがあるんだよ、馬鹿野郎。世の中がどっちに転んでもいいように先手を打ってたのよ。打つのは玉だけじゃないって話だ」

金田は舌を出して笑ってから、堂島のケツを勢いよく叩いた。

「いたっ‼」

周りから笑いが起こった。

「みんな！　聞こえたかどうかは知らないが、とにかく心配はいらない！　パチンコ屋で働いてるとなかなかゆっくりパチンコ楽しむ機会ないだろ？　いいか、今回はお客さんの気持ちを思い出すいい機会だ！　時間は腐るほどあるからな！」

茶髪のエミが手を挙げて大声で、

「社長！　私人生で初めてパチンコするかも！」

「そうか！　これまでの人生損したな！　今日からは目一杯楽しめよ！」

「了解しました‼」

「さあ皆様方、ここは天下の遊戯場！　ジャンジャンバリバリ、ジャンジャンバリバリお出しくださいませ‼」

「オ────‼‼‼」

堂島を含む全員が大きな声をあげていた。同時に店の至る所から玉達の雄叫びも湧き上がったが、社長の掛け声と共に爆音で流れ出した軍艦マーチと溶け合い、誰も気づかなかった。

地下では大きな大きな銀の玉が、ピッカピカの巨体をもてあましながら躍っていた。

15　殴られーずハイ

会社勤めをしている村上は、昼の時間を使ってとある建物へ行った。

何事もなかったようにオフィスに戻って来た村上だったが、15時を過ぎた頃に肩を誰かに殴られたような痛みを感じた。そこには白人の屈強な男が立っていた。ボクシングのように両の拳を構え、村上の方に対峙(たいじ)している。

少々驚いた村上だったが、無視して仕事を続けた。1時間後にまたも軽く殴られた。仕事の手が一瞬止まったが、小さく深呼吸して仕事を続けた。

会社を後にする頃になると、昼間よりもパンチ力が上がり、回数も増えて来ていた。逃げようとしても、どこまでも追いかけてきた。電車に乗っても同乗して殴ってくるし、自転車に乗っても同じ速度で追いかけてきて殴られた。

村上は苛立(いらだ)ちを覚え始めていたが、仕方がないことなので飯を作って食べることにした。痛みに耐えながらなんとか作ることはできたが、あまりのパンチの威力に食欲は激減しており、ほとんど口に入れることができなかった。食べ残しにラップをかけて冷蔵庫に入れて、栄養が補給できるゼリー状の飲み物だけを口にした。

シャワーを浴びていても容赦なく殴ってくる。明らかに本気で殴ってきているし、無尽蔵の体力で手数を繰り広げてくる。シャワーを浴びながら痛みに耐えかねてうずくまってしまったが、ここで力尽きるわけにもいかず、どうにか乗り切った。

腕が上がらず髪の毛を乾かすことは断念したが、生理的に気持ち悪いので軽くだが歯はなんとか磨いた。殴りまくるイカツイ白人を睨みながら、ゆっくりゆっくりと寝巻きに着替えて、ソファーに腰掛けた。

ニュースをチェックしていたが、頭には一切入ってこない。痛みで気が散り、思考がだんだん鈍くなってきているのだ。

「うおおおおおお」

この部屋で生活して7年、村上はストレスの吐き出し方がわからず、部屋で初めて大きな声を上げた。

ほぼ無意識で声が出てしまい、隣の人への申し訳なさもあったが、声を出しても痛みもストレスも軽減されない無力感の方が強かった。寝ればなんとかなる。いや、これはもう寝るしかないのだと決断し、いつもよりかなり早くベッドに入り電気を消した。

暗い天井を見ている村上の横から白人は殴り続けた。どういう仕組みなのか？　俄然パンチ力は上がる一方だ。急に村上は怖くなった。さっきまでが威力の上限ではないのか？

確実にペースも上がってる。この野郎のポテンシャルは限界なしか？　もしや時間とともに比例して上がり続けるなんてことないよな？

仰向けでは寝れないので、村上は右側に体を捻り横を向いて寝ることを試したが、やはり豚野郎はお構いなしに彼の肩を殴り続けてきた。村上は確信する。これはもう寝ることはできない。寝れないどころか最悪痛みによって失神するかもしれない。

久し振りに男の一人暮らしの寂しさと不安を十二分に感じていた。下手したら死ぬかもしれないな。死んだら訴えよう。金もたらふくもらおう。金は母親がもらえるようにしておこう。なんてことをぼんやり考えていたら、夢を見ていた。一瞬寝れたのだ！

しかし、すぐに痛みで目が覚める。ガンガン殴りつけてくる。殴られてない時間に寝ているのではなくて、絶えず殴られていて脳が痛みに麻痺して睡魔とせめぎ合い、瞬間的に眠りに堕ちているようだった。

長い時間拷問を受けているような感覚で、地獄のような最悪な夢を何度か見て、毎回痛みで目が覚める。どれくらいの時間が経過しただろうか？　もうそろそろ夜が明けてしまうかもしれない。

村上は朦朧としながらスマホを見て絶望した。まだ布団に入って1時間ちょっとしか経過してなかったのだ。これが後8倍以上繰り返される？　待て待て待て、身体はもちろんメンタルが持つわけがない。

どうすることもできない現状を把握し、明日は会社を休むことを決め上司にメールを送った。横になるよりもソファーに座っている方が幾分かは楽な気がして、村上は暗い部屋でテレビも何もつけずにソファーにただただ目的もなく座った。

テレビを見ることもスマホをいじることも、本を読むこともできない。ただただやられるがままに殴られ続け、黙々と痛みに耐え神経が疲弊して眠りに堕ち、よくわからない夢を見て殴られ痛みで目を覚ます。一瞬の睡眠をエンドレスに繰り返す。

外が明るくなってきた。この頃になるとほぼ感情はない。慢性的に押し寄せる痛み以外に体の感覚も無いに等しい。村上にとって初めての経験だった。相手はどうやら汗ひとつかいていない。

まるで勝てる見込みがない。我慢比べにもならない。こちらからは触ることもできない。ギリギリの状態で水分だけを取り、何度かトイレにだけは行った。熱が出てきていることを自覚したが、検温する気にもなれない。

欲望は唯一、「眠りたい」、それだけだった。空腹などよぎらない。昼を過ぎて、頭の中にあった白いモヤのようなものが徐々に無くなり始めた。痛みは継続中だが、体の中で何かの変化が訪れていることを感じた。

人間は寝不足が続くと、いきなりハイになり目がギラギラに覚めることがある。ランナーズハイのような現象だろうか？　その感覚に似ているような気もしたが、全く別物のようにも感じた。

寝不足から来るハイテンションではなく、恐らく断続的な強烈な痛みのせいで脳から何かが出てきたのだ。村上にはそれが人間の防衛本能なのかなんなのかわからなかったが、未経験な気持ちよさを感じていた。

五感が研ぎ澄まされているような気がし、超人にでもなったような高揚感に包まれていた。今ならなんでもできるような無敵感！ 根拠ない自信が漲りまくっていた！ 手始めに、昨夜の飯を温め直し食ってみた。美味い！

あまりの美味さに即座に平らげ、買い置きしてあったカップ麵に豆腐にサバの缶詰も食べた。友人からのラインを返しテレビを堪能しシャワーをも浴びた。痛みはあったが髪を乾かすこともでき、あまりの復活ぶりに会社を休んだことへの罪悪感が芽生えるほどだった。

だがスーパー村上モードは長くは続かなかった。覚醒した自分に酔いしれていたが胃が満たされたことで感覚が鈍り眠気が再び押し寄せ、同時に我慢できていたはずの痛みが昨夜同様耐え難いレベルになった。

勘違いからの油断なのか？ 自問自答したが、村上は確かに経験のない快楽を味わった。もしや夢だったのか？ とも考えたが、目の前に置かれた空いた茶碗がリアルを証明していた。

夕方には昨日と同等かそれ以上のパンチが襲いかかってきた。村上はモデルナの方を睨んだが、やはりモデルナは汗もかかず眉も動かさず、村上を殺伐と殴り続けるだけだった。モデルナは噂通りのファイターだった。ファイザーではなく紛れもなくファイターだった。

誤解がないように言っておくが、ファイザーもかなりの確率でファイターらしい。

世界で蔓延(まんえん)した感染症の予防としてワクチンが作られた。今までとは違うタイプのワクチンで、打った人間にだけ幻覚で人が見えるのだ。多少のリスクはあるが恩恵の方が上回ることから世界中で接種された。

数日後、彼はとある建物に向かった。

「あれ？　村上さん先週に2回目のモデルナ打ちましたよね？」

「また打ちたいんですけど」

「3回目はまだ打てませんよ」

「なんか方法はないですか？」

「免許があって個人で輸入している方がいれば可能かもですね」

「どこへ行ったらいいですか？」

「特別ですよ」

とある建物にいた男は村上に一枚の地図を渡した。

村上がそこへ行ってみると名前がない建物があった。スマホのマップで見ても、建物のどこにも名前が書いていない建物。生活していると気づかないが、実はこういった類の謎の建物はいくつも存在する。

村上は地下に降りて行き闇医者らしき男に話しかけた。

「モデルナだけでいいの？」

「え？」

「気持ちよかったんでしょ？　左にモデルナ、右にファイザーいってみる？」

「死にませんか？」

「それは知らないけど、気持ちよかったんでしょ？」

「高いですか？」

「そこそこね。なんなら右ケツと左のケツにもバラバラなの打ち込んじゃう？」

「なんすかそのスペシャルコース？」

「気持ちよかったんでしょ？　一定量捌きたいし安くしとくよ」

闇医者はニヤニヤと喋りながら４種類のワクチンの準備をすでに始めていた。

その日の夜、村上は国籍の違う４人の屈強な男達にボコボコにされていた。

16　ラジオのコロナ　第２幕

【第２幕　２０２１年２月】

明転

ハッピー浜崎の家。コタツ

上手の奥に玄関のドアがある

浜崎、コタツでダルそうにくつろいでいる

ＳＥ―ピンポーン

浜崎、玄関に行く

浜崎　（覗き窓を見て開ける）遅いよ、三宅ちゃん。
三宅　（入ってくる）すみません。ハッピーさんに頼まれた冷凍うどんとかに手こずりまして。
浜崎　（袋受け取りながら）そーこれこれ、最高！　で、三宅ちゃんはハッピー？
三宅　ハッピーじゃないですよ。
浜崎　まあ、そりゃそうか。
三宅　ハッピーさんは濃厚接触者ですよね？
浜崎　そうだよ。プロデューサーが陽性になる2日前に喫煙所で15分一緒だったから。
三宅　で、僕はそのハッピーさんと一緒にスタジオにいたから濃厚接触者です。
浜崎　申し訳ない気持ちもあるけど、仕事だから勘弁してくれよ。
三宅　ハッピーさんには恨みはないですよ。憤りを感じているのはシステムにですよ。
そうだ。放送用のパソコンはコタツにセッティングでいいですか？
浜崎　ありがとう。

三宅、鞄からパソコンやマイクやらを出してセッティング
浜崎、大量の食材を冷蔵庫に仕分けしている

三宅　ハッピーさんは、保健所から連絡きました？

浜崎　ちゃんときたよ。色々と聞かれて、これからは毎日検温して報告。大変よ。

三宅　熱が出た場合はどうなるんですか？

浜崎　深夜でも対応してくれる発熱相談所の電話番号聞いてる。保健所の人さ、電話でもスゲー優しいし、なんか安心感あるよ。それにしても保健所の人も大変だな。

三宅　そこですよ。結局ハッピーさんは正当なる濃厚接触者で、僕はなんちゃって濃厚接触者ですから。

浜崎　濃厚接触者の！　濃厚接触者だもんな。

三宅　本来の保健所のルールならば、僕は行動に制限ないんですよ。それなのに、うちの制作会社のルールで濃厚接触者の濃厚接触者は、現場への立ち入り禁止なんですよ。

浜崎　それってさ、外出はオッケーなの？

三宅　オッケーですよ！　だからこうやってリモート放送になったハッピーさんの家には来れるんですよ。何故ならば、ここは現場ではないっていう、弊社の曖昧なルールだからですよ！　他の番組の打ち合わせにも放送にも行けないですし、意味がわからないですよ！　関係性的には陽性者の孫の距離感ですよ。ハッピーさんとは違って僕はエセの濃厚接触者ですから、誰からも連絡きませんよ。熱が出たってどうしたら良いのか？　検査だって自費ですよ！　正当なチームはどうですか？

浜崎　指示された病院で検査です。おそらくお金はそこまではかからないかと。

三宅　ほらきた！　何も保健所の方には怒ってませんよ？　伝わってますよね？　僕はバカな我が社に怒ってるんですよ！　仕事にならないし、なんと言っても我々みたいな孫世代の濃厚接触者には給料の補塡なし‼　ファックですよ‼

浜崎　……すみませんでした。

三宅　（肩で息をしている）セッティング終わりました。

浜崎　ありがとうございます。

三宅　こちらこそすみませんでした。本番前に作家が出演者の方にあたってしまいまして。しかも大先輩でお世話になってるハッピーさんに、ハッピーさん何も悪くないのに、悪いのはプロデューサーなのに。

浜崎　俺も事情知らずにハッピーか？　なんて聞いて申し訳なかった。エセ濃の三宅ちゃんが怒るのも無理ないよ。

三宅　もう軽くあだ名つけてるじゃないですか！

浜崎　今日は放送終わりでピザでも頼もう。いや、誰も見てないしピザをたらふく食いながらリモート放送でもいいよ。なっ、ハッピーに行こうぜ！

三宅　正当なる濃厚接触者のハッピーさんと飯食ったことバレたらクビですよ。

浜崎　そんなに厳しいなら、うちに来るのもおかしいだろ？

三宅　だから矛盾だらけだって言ってんですよ‼

浜崎　そうだな、ごめんごめん。でもほら、初めてのことでどの会社も対応は雑というか、下手に細かいというか、意味ないものばかりかもだけど仕方ないというかさ。

三宅　もう1年ですよ？　1年たって会社としてまだ対応できないのかって怒りですよ。

浜崎　うん。

三宅　放送まで30分ありますので打ち合わせさせてください。それから打ち合わせ終わりで、書き込みを選ぶ作業していいですか？

浜崎　もちろんだよ。でもさ、よくよく考えたら正当なる俺の立場的には、誰かを部屋に入れるのアウトかもな。保健所の人はオッケー出してないし。

三宅　そちらサイドからはアウトですね、多分。でもこちらの会社からの世界線ならアリなんですよ。何もかも歪んでますから。

浜崎　もうこの話やめよう。なんだろう？　どこまでいっても、こっちがシュンとしてしまう。

三宅　うっす。

三宅、音声チェックや台本を出したり

浜崎、コタツで三宅の作業見てるが横になる

三宅　お待たせしました。じゃあ軽く打ち合わせしちゃいましょうか？

浜崎　…………

三宅　マジか？　え？　本番直前に寝る？　いくら自宅で、いくらコタツだからって寝る？　ハッピーさんいい加減にしてください。起きてください！

浜崎　…………

三宅　……ハッピーさん？　大丈夫ですか？　ハッピーさん？

浜崎　く、苦しい。

三宅　え？　マジですか？（浜崎の頭に手をあてる）熱い！　すごい熱ですよ、ハッピーさん！

浜崎　（苦しそうに）そこに番号あるから、電話して。

三宅、置いてあった紙を見ながらスマホで電話

三宅　あの、熱がすごくてですね。違います。僕じゃないです！　浜崎です。えーと下の名前は？

浜崎　タモツ。保険の保でタモツだから保健所の方々の味方だと伝えてくれ。

三宅　くだらないこと言わないでいいですから！　浜崎タモツです。濃厚接触者で保健所とはやり取りしていて、この発熱相談所の電話番号があったので。え？　関係性ですか？　あのー、家族じゃないです。（スマホのマイクのところ隠して独り言）仕事の関係者って言ったらなんかやばいよな？　ここにいるのダメだろうし……（スマホに）デリケートな関係でして。

浜崎　適当なこと言うな！

三宅　僕だって嫌ですよ！　住所はわかりますか？　ありがとうございます。待ってます。

浜崎　ありがとう。

三宅　すぐ来るそうです。

三宅、部屋の隅の方に行き、自分の手を見て小声

三宅　とっさに触ってしまった。絶対にうつってるよな？　少なくともこれで正当なる濃厚接触者になるのか、俺は？　正当っていうか、感染だよなこれ。あれ？　完全に仕事が、全部止まるかもしれないな。待て待て待て、整理しよう。っていうか、まずはラジオの生放送だ！　やばい。あと15分くらいしかない。

三宅、スマホでディレクターの林道に電話
林道のセリフは陰マイク

三宅 やばいよ、林道さん。
林道 ハッピーさん、機嫌悪い？
三宅 それどころか超具合悪いよ。今から緊急の人来るみたい。
林道 マジで？　じゃあ1曲目は瑛人の『香水』じゃない方がいいか？
三宅 そういう問題じゃないから！
林道 だよね！　香水の匂いとかわからないかも、だしね！
三宅 うるさいな！　そうじゃないのよ。
林道 Ａｄｏの『うっせぇわ』が良いってこと？
三宅 もうボケないで。ハッピーさん、放送無理だわ。
林道 先にそれ言ってよ！
三宅 言ってるよ。
林道 どうする？　今からじゃ、他の喋(しゃべ)り手は絶対に捕まらないよ。
三宅 音楽でどれくらいもつ？
林道 もたないよ。オープニングからでしょ？　途中からならまだしも、オープニングか

三宅　らだと最長でも10分くらいかな？

林道　だよね。局のアナウンサーさんは？　確認とるけど、オープニングでハッピーさんいないでアナウンサー喋り出したら、事件性高くない？

三宅　それも一理あるね。

林道　三宅ちゃん喋るしかないよ。メールも見れるんでしょ？

三宅　見れるけど、いやいやいや2時間は無理だって。

林道　元芸人でしょ？

三宅　1年だけね。舞台でネタしたの5回だけだし、もう10年前だし。

林道　30分ならいけるんじゃない？　その間にプロデューサーに代役探してもらうし。

三宅　Pは今病院でしょ？

林道　そうだった。なんなら、まずプロデューサーの代打を探せって感じだな。あはっ。

三宅　なんでちょっと嬉しそうなんだよ。

林道　いやー、久しぶりに生放送してるなって感じじゃん！　あれ1年くらい前か？　ハッピーさんがスタジオに戻らなくなったの？

三宅　大体それくらい。

林道　あの日もレディオしてる感じバリバリあったもんな～ワクワクするな！

三宅　やっぱり頼もしいわ、林道さん。
林道　楽しもうよ。ハッピーさんの番組だしさ！　ハッピーさんもそれを望んでるよ。
三宅　死んでるみたいな言い方やめて。楽しみたいんだけど、こっちは目の前でハッピーさん倒れてるから、そっちとは空気感全然違うのよ。
林道　そっか。急に熱出たとか？
三宅　ハッピーさん、熱は急にですか？
浜崎　うーうー、朝から。なんとかなると思ったけど、ひどくなっちゃったよ。てへ。
三宅　今この人殺しても、あやふやで逃げ切れるんじゃないだろうか？
林道　怖い言葉が聞こえてきたぞ！　三宅ちゃん、気持ちしっかり保てよ！
三宅　大丈夫ですよ。冗談ですよ半分。
林道　半分マジじゃないかよ！

部屋の裏側（マンションの通路イメージ）から子供の声・ナレーション

女子　うわ――、蜂の巣の駆除の人だ‼
男子　バーカ違うよ！　あれはアルマゲドンの宇宙飛行士だよ‼
三宅　蜂？　飛行士？

SE―ピンポーン

三宅　はーい‼

三宅、ドアを開けると防護服姿の緊急の人が2人

廊下から母親の叫び声・ナレーション

母親　何してるのあんた達⁉　早く家に入りなさい‼

女子　ただいまー、ママ！

男子　今日ね学校でねー

母親　しばらく外にでちゃダメ！　早く消毒‼

SE―隣の部屋の玄関のドアがものすごい勢いで閉まる音

三宅　ハッピーさん、引っ越し考えた方が良いかもです。

浜崎　はぁはぁ、そんな貯金ないよ。

三宅　お忙しい中ありがとうございます。
緊急　こちらの寝てる人ですか？
三宅　そうです。
緊急　熱と血中酸素濃度って？
三宅　まだです。どこにあるのか分からず、すみません。

別の隊員が色々と測る

緊急　家族の方では？
三宅　えーと、なんていうか……パートナーです。
緊急　失礼しました。
三宅　失礼なことなんてないです。こちらは感謝しかないです。
隊員　数字悪いので、入れる病院探しますね。
三宅　ありがとうございます。

隊員、電話しながら廊下に出て行く

緊急　浜崎さん、大丈夫ですか？
浜崎　あー、すみません。はぁはぁ、大丈夫です。ハッピーハッピー！
緊急　ふざけないでくださいね。
浜崎　す、すみません。
三宅　目もあてられないな。
林道　なんかそっち盛り上がってない？（スマホから遠めの声）
三宅　（スマホで）盛り上がってないよ！　大変だよ。
林道　とにかく、もう生放送だから、頼むね、三宅ちゃん。
三宅　え？
林道　それから番組のマニュアルで、確定が出るまではコロナだとは言わないで、ハッピーさんいない理由を説明してね。リスナーが心配しないように、多少面白くね。それから三宅ちゃんが喋る理由も面白くね！
三宅　待て待て待て！（電話切れてる）
緊急　あのー
三宅　一瞬お待ちください。（マイクの前に座り）

SE―17時の時報

SE—ラジオ局のジングル

三宅　えー、皆さん今日は。ラジオ『スカットレディオショー』、始まりました。本日はハッピー浜崎さんがお休みです。えー、理由はいろいろありますが、とにかくお休みです。私はずっと作家をやっている三宅と言います。えーと、なんで私か？　えーと、まあハッピーさんと良い仲だからなんだと思います。あれ？　なんか違うか？

M—エルトン・ジョン『ユアソング』

三宅　なんであの人はエルトン・ジョン流してるんだよ。

緊急　ひょっとして、この人ってハッピーさん？

三宅　そうなんですよ。

緊急　光栄だな。いつもラジオ聞いてるんですよ。

三宅　今は聞こえてないかもなので伝えておきます。

緊急　あのー、それでですね。ハッピーさん、かなり汗をかいているので、下着も全て着替えてください。

三宅　今は無理じゃないでしょうか?

緊急　ですから着替えさせてあげてください。

三宅　え?　僕がですか?

緊急　はい。だって……

エルトン・ジョンが大きくしばらく流れている

三宅　もちろん、僕がやりますよ!

緊急　じゃあ、外に出てますんで。

緊急の人が外に出て行く

照明―フェードアウト

M―照明が完全に暗転になったら少ししてフェードアウト

三宅　畜生!!!

アナウンス・これより換気のための休憩となります。

17　気づきの先

男と女が車を走らせていた。

外には綺麗（きれい）な田園風景が広がっている。

女は外を見ながら、少し前の自分を思い出していた。


彼女はコロナが憎かった。アパレル会社に入社して5年、ようやく色々なことを自由にやれるようになってきたタイミングで世界のルールが変わった。

何が起きているのかわからないうちに緊急事態宣言下に突入。解除後に備えて準備や企画を出そうにも、中国の工場はどのラインも完全にストップ。どうすることもできないいま、富士の樹海を彷徨（さまよ）うような会議を繰り返し、ひたすらに家で過ごした。

実家暮らしだったのがせめてもの救いだったが、彼氏とは全く会えないでいた。彼女は彼を愛していたが、メールをしても彼からの返信が数日来ないことはザラにあった。

夏を前に彼女は彼に別れを告げた。連絡をよこさない彼が嫌いになったのではない。連絡を待ってイライラしている自分に耐えられなくなったのだ。

『彼といるときの私が好き』

そんな言葉がある。彼女は彼が好きだったし、彼といる時の自分もそれなりに好きだった。しかし、彼への愛が深まれば深まるほどに、彼といるときの自分のことが嫌いになった。

この矛盾しているようで理屈通りの事象に彼女は疲弊した。彼の性格を充分に承知しているはずなのに、自分の愛が高まるほどに彼に何かを求めてしまう。愛の無酸素運動な日々が続き、ついにチアノーゼとなり、彼を嫌うより先に自分を嫌いになってしまった。

何もかも上手くいかなくなったのは、全てコロナのせいだと思っていた。事実、コロナがなければ仕事も恋も順調だったのかもしれないが、それは神様しか知らないし、神はサイコロを振らないから仕方がない。

「彼氏と別れたの？」

2階からリビングに降りてきた彼女へ声をかけたのは彼女の母親だった。

「え？　私言ったっけ？」

「言ってないけど、まあ親だからね」

と笑いながら言い、母親はルイボスティーを彼女に淹れて渡した。彼女はマグカップを手にして、窓から入る風を感じていた。平日の昼間に母親とお茶をしている空間に違和感を覚え、改めて今が非日常なんだと思った。

「……全部コロナのせいなの」

「……そうかもしれないわね」

ゆったりした間の会話が交わされた。親子とは不思議なもので、この『間』の中で多くの情報を交換している。

「私、まだまだ子供だった。自分が嫌になる」

「大人になって子供に戻れるなんて最高じゃない」

「大人になりきれてないだけなの」

「あなたはもうだいぶ前からちゃんと大人よ」

母親の言葉に笑ってしまった彼女はマグカップに口をつけた。温かいルイボスティーが心の硬さを徐々にやわらげるようだった。

「相手に依存しないで、ちゃんと自立できると思ってた」

彼女は静かに涙を流した。

「依存しないでどうするのよ？」

彼女は母親の発言に少し呆(あき)れたような口調で、

「子供じゃないんだし、相手に依存してどうするのよ？　女は男に依存した方がいいってこと？　お母さんはお父さんに依存してるから、私もそうしたら幸せになれるってこと？

適当に励まさないでよ」

　と言った。

「依存したら幸せになれるかどうかはお母さんわからない。それに、お母さんがお父さんに依存してるように、お父さんもお母さんに依存してるから性別なんて関係ないわよ」

「依存して相手がいなくなったら……世界が……何もかも終わっちゃうじゃない！　そんなの怖いし無理だし！」

「せっかく生まれてきたんだもん。あなたには、相手がいなくなったら世界が終わっちゃうような恋愛をして欲しいじゃない」

　彼女の目から流れる涙の速度と量が急激に増したが、変化したのはそれだけではなく涙の成分もだった。諦めの成分だけだった涙に愛が混ざり温かさを加え、そこにはさらに後悔や願いの成分が生まれた。

「もう遅い」

「何も遅くないわ」

　彼女のスマホが震え彼氏からメールが届いた。彼女はそのメールを読み涙の成分が幸福に変化していった。『ミサキ本当にごめん！　もう遅いかもしれないけど、話がしたい。俺が馬鹿だった。許されるなら会いたい。会えなくてもいい、話だけでも聞いてほしい』。

母親は彼女からメールを見せられ言った。

「コロナのせいで大切なものを失った。じゃなくて、コロナのおかげで大事なものに気づけた。ってことにして生きていきましょう」

彼女は須藤美咲29歳。

ミサキと清水健吾33歳は家に入りソファーでくつろいでいた。健吾は気づきの連鎖で愛のセンサーが上がり、自分と自然の繋がりを感じるようになりミサキと話し合い新居を故郷の福島に構えた。

なかなか2人が相手をしてくれないのでラブラドール犬のペロは不貞腐れていた。2人は式場へ最後の打ち合わせに行って疲れていたのだ。

「お腹に子供がいるんだって」

「ん？　ミサキ、今なんて言った？」

「ケンちゃんと私の子供がここにいるんだって」

そう言ってミサキは自分のお腹をさすった。健吾は大いに喜び、その声でペロは驚いた。幸福に満たされた部屋で愛が爆発しそうで抱えきれない2人は口づけをして、自分の中の愛を相手に逃して交換した。何かを感じたペロが高らかに遠吠えをした。

18 鉄仮面　後半

稽古場に入ると異様な空気で異常事態だと感じた。15人の若者が立ち膝で床に座りひたすらに息を整えているのだ。

私の仕事は演出家だ。芝居のパートを担当しているが、稽古が始まって2週間が経過し、芝居の稽古の前に歌とダンスの稽古が行われるようになった初日。10分前にダンスの稽古が終わってるはずだが、彼らの肩はまだ激しく揺れていた。

もしかして？　とは思っていたが、どうやら歌とダンスのレッスンもマスクとフェイスガードを着用して行ったようだ。ドアというドアや窓という窓は開いている。芝居の稽古開始時間を15分後ろ倒しにするように制作に伝えた。

制作の数人は床に落ちた汗をモップで拭き取り、床に消毒液をふりかけ、乾いた雑巾で拭いていた。出演者も制作も疲れが溜まってきているので、私は稽古を休みにしてあげたかったが、いつどのタイミングで陽性者や濃厚接触者が出てもおかしくないわけで、出演かない。

者が無事に揃ってる時はやれるだけ稽古を進めることに決まっていたので休むわけにもい

「みんな！　昭和の部活じゃないんだから、横になって休めばいいよ。別に僕はそんなことで鬼コーチのようには怒らないから」

「芝居の演出やダンスの振り付け以外では床に寝ることは禁止なんです」

制作の男の子が僕にマスク越しの声で伝えた。そうだった。通常ならば出演者の大半は稽古時間より早く来てストレッチをして稽古に臨む。しかし、今回の舞台では稽古場でのストレッチは禁止だった。

建物と人間の接着面と接着回数をなるべく減らす、という考えのもとそうなっている。要するに不要不急の寝そべりの自粛ということだ。正座や体育座りは禁止だが、立ち膝は許されている。だから若者達は一番休めるこの姿勢で息を整えているわけで、その様はコロナという暴君に忠誠を誓う騎士のようにも見えた。

夢というものが彼らを思考停止にするのか？　それともシンプルに若さからくるひた向きさなのか？　彼らは文句ひとつ言わずに毎日稽古に励んでいる。裏で愚痴でも言ってくれていることを願いながら、私は毎日彼らに芝居をつけた。

東京都の感染者が増え始めていたので嫌な予感がしていたが、数日のうちに急速に新規感染者数が増えていった。自分の劇団に続いてコロナのせいで2つ目の中止か？　と懸念したが、仮に次にまた緊急事態宣言が発令されたとしても、販売されていたぶんのチケットは払い戻しなしで、希望する観客は席に入れていいルールらしい。国も都も初めてのコロナ騒動なわけで、緊急事態宣言が出るたびに微調整が繰り返されるのだろう。10回目の緊急事態宣言があったとしたら我々国民も含めて、国全体が緊急事態宣言のプロみたいになっているのだろうか？

迅速に潔癖に迷いも分断もなくストレスなく行われていく日が来るのかもしれない。否、それは最悪な世界であり、ウイルスの弱体化かワクチンか特効薬……とにかく人々の行動が制限される回数は少ないに越したことはないのだ。

配信での公演も意味はあるが、やはり若い演者には観客との呼吸のやりとりをして経験を積んでほしい。でないと舞台の意味が半減してしまう。少し安心したのも束の間、翌日に稽古場に行ってみると私の席のテーブルには銀の鉄仮面が置かれていた。

15人の猛者達は鉄仮面をかぶりながら立ち膝で息を整えていた。もう誰が誰だか一切わからない未体験の稽古が始まった。
芝居には役というものがあるので、稽古をしているその瞬間瞬間は誰かは認識できる。しかし、いざ止めてダメ出しをする時間になると、全員が同じ鉄仮面をつけているので脳が混乱してくる。

演者だけではなく私を含めたスタッフも全員鉄仮面なわけで、とてつもなく怪しい新興宗教の集会のような稽古場と化した。翌日から名札をつけることになり認識することが可能にはなったが、視界も狭く息苦しさも加わり自然と感情が外に出づらくなっていった。

我々は誰もが新しい稽古様式に慣れていったつもりでいたが、これは慣れる慣れないのジャンルの話ではなく、こういった手段でしかやることができないという事実の前に『諦め』ていたのだ。

稽古から帰宅した私の顔は覇気がなく、鉄仮面とは人の感情ごと表情や心の抑揚を奪い去る恐ろしい拷問具に思えた。

しかし、ある時から芝居の稽古が時間通りにスムーズに始まっていることに気づいた。なんと彼らは鉄仮面をしながら歌とダンスのレッスンをしても息が上がらなくなっていたのだ。これには私も驚いたが、芝居パートが始まると稽古場にはこもった声しか聞こえない不思議な空間が流れ続けていた。

ベテランのスタッフが体調不良で休むようになってきた。当初はコロナ感染が心配されたが、冷静に考えてみれば当然だ。稽古中も打ち合わせでも鉄仮面をつけているのだ。体か心の何かが削れて当たり前なのだ。

昔カタギな人間ほど免疫力が著しく低下しているように見えた。ニューワールドに対応できる人間と苦戦をする人間。コロナはまるでリトマス紙のように、生活の様々な場所で我々を選別し分断した。コロナの本当に恐ろしい要素はそういった類のことなのかもしれない。

「その台詞(せりふ)は笑顔40の戸惑い60%の顔で言おう！」

「そこは寝てしまいたいところだけど寝れないから、寝そべっている様な気分全開で肩だけ大きく落として全身は脱力で、悲壮感30の絶望感30の虚無感40くらいの表情で上手のソデから出ていく」

「ここは100%の笑顔でって言ってきたけど、やっぱりもっとだね。200%の笑顔マックスで上を見よう！」

こんなやりとりが実際には顔を一切見ないで行われてきた。私は席を立って身振り手振りをつけながら、表情も自分でやって演者に伝えるタイプだったので本当に悪戦苦闘したが、なんとか伝えることは伝え稽古日程を全て終えた。

鉄仮面の下で時に私の顔が激しく動いていたことは誰も知らないし、誰の役にも立っていない。

劇場に入りリハーサルをしていよいよ本番初日。

出演者達は無事に検査も全員陰性で、初めて仮面もマスクもなく特製極薄フェイスガードのみで演じる。どうなることやら？　これほどまでに手応えが未知な仕事は初体験だった。

鉄仮面をつけて客席の最後尾に座り開演を待った。高鳴る胸を落ち着かせながら見渡した客席は販売した通りの制限50％。マスクをしてフェイスガードをしている若い女の子もいれば、マイ鉄仮面で観劇に備える人々もチラホラいた。

公演が始まり、私の心は震え出し、身体(からだ)には鳥肌が立っていた。彼らは私の演出の指示をほぼ体現していたのだ。もちろん全てではないが、お互い顔が見えないという最悪な状況下で、彼らは9割以上こちらの意図を理解し演じていた。

そうか、彼らは冷たい面の下で毎日毎日こんなにも素敵な表情を繰り返していたのか。涙が込み上げてきた。そして歌とダンスのクオリティーの高さも尋常ではなかった。漫画のトレーニングのように彼らは負荷のかかるトレーニングを真面目にこなし、平時では1ヶ月間では身に付けることのできないレベルの表現力を獲得したのだ。こんな奇跡が待っていたなんて誰が予想できたであろうか？

この仕事を引き受けたことを神に感謝した。なんならコロナにさえ感謝しかけた。素晴らしい芝居とショーが2回の換気休憩を挟んで2時間繰り広げられた。拍手喝采の中で言葉なく礼をする15人のヒーロー達。私の鉄仮面の中は涙でずぶ濡れだった。

公演の評判は大好評で、配信のチケット販売数の記録が日ごと更新された。客席半分の損失を補填しても大きな黒字が出るほどの売れ行きだった。私のギャラは最初に提示されてる額だけなので、追加でボーナスなど出ないけど、これで多くの関係者にお金がまわるし、何よりもその物凄い売り上げを叩き出している青年達が誇らしく思え、嬉しかった。

東京公演が無事に終わり、仙台・福岡・大阪と全ての日程をなんとかやり終えた。最初は厳しすぎるルールに疑問を感じていたが、全日程完走は制作チームの優秀さの賜物であり、約束を守り続けた出演者と関係者の功労そのものだ。

大阪公演の千秋楽を客席で見終えた時には、私は出演者全員の顔と名前を覚えることができていた。彼らのことが大好きになっていた。これからもチャンスがあればまた共に作品を作り上げていきたいとさえ心から思っていた。

年齢が離れすぎてることと私が独身であることも重なり、いくあてのなかった父性がようやく拠り所を見つけ、私はうっすら彼らを息子のように大事に想い始めていた。この2ヶ月で特別な存在になってしまっていた。

私はスタッフ全員に挨拶を済ませ、誰よりも早く劇場をあとにした。どうせ打ち上げはなく、楽屋での挨拶もなく解散になることは知っていた。

劇場から少し離れた暗い道。出演者がホテルに戻るために使う道だ。もうルールを守る必要はない。私は鉄仮面を外し彼らを待った。

彼らがやってきた！　なんならハグして歓迎したかったし、ハイタッチして舞台の成功を共有したかったが、それはいつか来るできる日まで取っておくとして私は最高の笑顔で彼らを出迎えた。

彼らは気持ちの悪い何かを見るような目を私に向け、避けるように通り過ぎていった。

それはそうだ。彼らは私の顔を初めて見たのだ。

19　新鎖国島

東京都知事選。無所属・外山口恒一郎の政見放送。

有権者の諸君。私は怒っている。都民を含めた国民はコロナ騒動が始まって以来、ことごとく都および国にバカにされ続けてきた。

なぜ貴様らも怒らないのだ？　私の志は高く、否、私の怒りは心頭を突き抜け天よりも高く、内閣総理大臣になることを真に願っている。

国政選挙がないゆえに都知事選に出馬するという事態に今回は仕方なく甘んじている。

ここが私のゴールではない。まずは大日本の神聖なる首都、この大東京から国を変える！

中国武漢でコロナ感染が騒がれている中で、こともあろうか我が国の政府は入国の規制をするどころか、なんと仰天驚き！　インバウンドに目がくらみ春節の観光客を中国から大量に招き入れたのだ。

これに関してなぜ諸君らは声を上げないのだ！　私は怒っている。政府にはもちろんのこと、諸君らの見て見ぬ振り体質にも怒っている。行動に移すこともなくネットなどでネチネチと政府批判をしている奴(やつ)らにも怒っている。

行動こそ真なり‼　行動こそ正義なり‼　私のように行動をしろ！　怒りをネットなどに放出して心の安寧を保つような偽善者になるな。いいか、よく聞け。行動を起こせ。私は少数派に訴えかけている。

バカにする奴はバカにすればいい。それは想定内だ。しかし、今これを見ていて心がざわつく者は、声を上げ手を挙げ、行動に出るのだ。

１人が10人、10人が１００人、全てはそこから始まるのだ。小さな振動から始まった大きなうねりで何を生み出そうとしているのか？　そう、ここからが本題だ！

私はこの国において……再び鎖国を発動させる‼

（カメラをしばらく鋭い眼光で睨(にら)み続ける外山口恒一郎）

この国を守るには、もう鎖国しかないのだ。バカにする奴はバカにしろ。私は少数派に訴えかけている！　鎖国といっても物流は止めない。輸入も輸出も止めるわけにはいかないだろう。そんな事は承知している。私が言っているのは人流的な鎖国なのだ、諸君。

各国からの入国規制が始まっても、結果的にああだこうだと外国から人が入国し続けている。２０２０年2月以降でさえ、なお検査をしない時期もあれば、なんと隔離すらしない有様だ。

成田に入国した外国人は電車・バス・タクシーの交通機関を使用することの禁止を告げられるが、こともあろうか告げられるだけだ！　なんのチェックもしない。大半の外国人は要請を聞き入れようとするが、陸の孤島のようになった成田からの脱出手段がわからず、多少の罪悪感と共に電車やバスやタクシーに乗り込んだ。

そんなことがダラダラと繰り返され、長きにわたりウイルスは輸入され続けた。春節の失敗を反省し心を入れ替え対応を変えてさえいれば……

（苦悶の表情で怒りをこらえ拳を強く握り、目を瞑った後に机を強く叩き目を開ける外山口恒一郎）

変異株だって入国することはなかったのだ!!!!　変異とは確率だ。国内だけの感染の連鎖内で変異種が出ることは仕方ない。それは私だって飲み込むことができる。しかし、このままでは国内で何をしようが新たな変異型は絶えず入ってくるだろう。水際対策こそが本質なのだよ。

いいか、よく聞けよ、脳天気人ども。我々はず――――っとバカにされているのだ！　この国は感染を抑える気がないにもかかわらず、感染者が増えればオーバーシュートだと騒いでロックダウンだ緊急事態宣言だとドンチャン騒ぎ！

（立ち上がり阿波踊りのような手つき腰つきで乱れまくる外山口恒一郎）

その騒ぎの犠牲者は誰だ？　その宴会の後片付けは誰だ？　飲食店だ！　学生だ！　医療従事者だ！　そして我々国民全員だ！　なぜ怒らないのだ？　私は怒っている。

今回のコロナの波紋が広がり始めた２０２０年2月。私は自分が日本人でラッキーだと思った。自分が日本人であることが誇らしかった。よろずの神からの賜物だと感じた。

そう、我が国ニッポンは島国なのだ‼‼‼‼

（天を仰ぎながら手を合わせ涙が滝のように流れている外山口恒一郎）

私は今、嘘をついた。嘘をつくつもりで、この政権放送のスタジオへ来た。そして実際に嘘を口からはいてみたところ、その行為に対して心が拒絶反応を起こしたのだ。

コロナ騒動が起きた２０２０年2月からしばらく、私はコロナなど存在しないと信じていたのだ。マスクなど否定して過ごした。もしも時を遡れるならば、私は過去の私の頬をはたき続けることだろう！　この馬鹿者！　死ね！　不届き物！　恥知らずのスットコドッコイ！　死ね！　死ぬぞ！　死ぬな！　バカバカバカ！　過去の私が馬鹿ならば、今の私も馬鹿だ。この期に及んで嘘をつくなど、閻魔様に舌を差し出すべきだ。恥を知れ‼　申し訳ない。

（机の上で土下座しながら依然泣いている外山口恒一郎）

しかし、自分が感染し死の淵を彷徨い、多くの医療従事者の方々に助けられ価値観を大転換させた。

否、大転換などという大それたものではない。コロナに体を蹂躙され、ようやく目を覚ましたのだ。私は生き残った。コロナを信じなかった私を神は見捨てるどころか、生きながらえさせたのだ！　これは選ばれたと言っても過言ではない‼　我は代弁者なり‼

私から見れば、ここはバカを産み出す島国だ！　政治家達は一度全員死ぬがよい。バカどもは責任を取って死ぬがよい。バカな奴らのバカに気づかないバカ達も仲良く死んでしまえばいい。私をバカにするものよ。貴様らに問う？　真にバカなのはどちらだ？　貴様らか私か⁉　それともそんなことすらわからないから貴様らはバカなのか‼

死ね死ね死ね‼　死ね死ね死ね死ね‼　あ――――違う！

（乱れた呼吸を整え、自分自身の顔を力の限り殴り飛ばした外山口恒一郎）

取り乱し失言したことを詫びたい。頬のこの痛みを忘れぬことをここに誓い、不快な思いをさせてしまった諸君よ、誠に申し訳ありませんでした。

（小声で自分に言い聞かすようにブツブツ言い出す外山口恒一郎）

こんなんだからあいつにも逃げられたんだ、俺は。誰かに死ねなんて言ってしまったら、まるで無能な政治家と同じではないか。あいつはもう俺とはやり直してくれないのだろうか？　っていうか何回謝るんだ、俺は。分断とリベラルを足した闇に飲み込まれただけなんだ。野球見に行きたいな。二郎系のラーメン食べたいな。いやいや、取り戻すんだろ？　もうこのカードしかないんだろ？　負けるな恒一郎。お前は日本を救う男、外山口恒一郎だろ。そうだそうだそうだ。やるなら今しかねえ、やるなら今しかねえだよ。さあ、言葉に情熱と信念を乗せて、有権者の魂が揺れるほど言葉でぶん殴れ。

（静かにネクタイを外し、一番上のワイシャツのボタンを外す外山口恒一郎）

台湾（たいわん）やニュージーランドがなぜコロナの感染を抑えられているのか？　それは誰もが承知の通り島だからであります！

もう水際しかないのです。両国が成功している最大の要因は水際なのです！　台湾は国ではないというクレームは引き受けない構えだ！

兎（と）にも角にも、我々大日本がすべきことはただ1つ。水際水際水際水際水際水際水際水際水際水際対策なのであります！　最強の水際対策とは何か？　そう、ご名答！　鎖国なのです。もう鎖国以外の正解など、存在しないのです！

鎖国ができる国は海に囲まれた国だけなのであります。私は少数派に訴えかけている！つもりであるが、本当に少数派なのか？　誰もが心の中で思っていることではないのか？国内の移動は制限なしで国内で回せるだけ経済を回して、耐えて耐えて耐え抜いてコロナ禍を全国民で乗り切る！

もうこれしかないだろ！　ほらあなたの心が鼓動を始めているだろう！　そんなあなたは立派なリベラル野郎だ！　最高だ！　物流だけを行う新しい鎖国。これ以上に何かマトモな代案があるのか？　戦争は地の利だ！　この戦争は勝てる戦なのだ！　なぜわざわざ負けるような戦略をとるのか意味がわからんのだ、私は‼

バカげている！　いや、バカげているのではなくバカにされているのだ！　気づけ諸君！　目を覚ませ愚民共‼　ウェイクアップジャパニーズ‼　覚醒だ、覚醒！　風の時代に突入した人類史の中で、我が国がリーダーになれる最初で最後のチャンスが今なのです！　スパーキンだスパーキン‼　狼煙（のろし）を上げろ！　今この瞬間から革命が起きるのだ‼　新鎖国島の開幕だ‼‼　新鎖国島伝説の幕開けなのだ――

（服を脱ぎ出しフンドシ一丁になる外山口恒一郎）

放送が中断された。

20　世界一のギタリスト

私が住んでいる街は都会から少し離れているけど、賑(にぎ)やかで楽しいところなので大好きです。ずーと昔に1つの音楽大学が出来たからだとお母さんが言っていたけど、この街にはライブハウスが沢山あるし、楽器を弾ける人も沢山いるし、路上ライブもあちらこちらでやってて、いつでも街では音が鳴っています。

私の名前は松本花(まつもとはな)、小学校3年生です。弟は『男』と書いてダンと読みます。私の名前はお母さんがつけてくれて、弟はお父さんがつけました。弟が凄く可哀想(かわいそう)です。ダンはカッコいいけど、漢字だと男だから学校でいじめられないか心配です。

うちのお父さんはギターを弾いてます。職業はギタリストらしいのですが、給料が全然ない時もあって、それってお仕事って言って良いのか私にはわかりません。夕方からはだいたい誰かが家にやってきて、楽器を弾いたり歌ったりの大騒ぎで大変です。

ある日、お父さんの友達のゲン兄ちゃんが大声出しながら入ってきました。

「周(しゅう)ちゃん、大変だよ！」

「せっかく最高のフレーズ弾いてるのに、うるせえな～音に合わない声を出すんじゃねえよ！」

うちのお父さんは周五郎という名前です。小さい頃は自分の名前が大嫌いだったらしいけど、歳をとればとるほど好きになるな～と、こないだ酔っ払って言ってました。

「ゲン、ひとまず飲め。ビールか焼酎か？」

「速度重視でビールお願いします、アリさん！」

「ビン？　カン？」

「ビンでイイすか？」

「もちろん」

笑いながらビールを取りに行くお母さんの名前は有里といいます。とっても可愛い名前のお母さんにみんなが甘えてワガママ言いたい放題で、私はたまにイライラしちゃうことがあります。

私とダンだけが甘えてイイはずなのに、うちに来る人は全員お母さんに甘えます。多分お父さんが悪いんだと思います。

「はい、どうぞ」

お母さんに注がれたビールを一気に飲み干してゲン兄ちゃんは、

「うめ――――やっぱり今日はビンで正解だ！　たまに飲むビンは格別っすね」

「ビンは高いからな。って一体何が大変なんだよ？」

「そうだ！　周ちゃん、いよいよこの街にもコロナが来ちまった」

「コロナなんて知らねえよ。誰かも本当はコロナは無いって言ってたぜ」

お父さんは鼻で笑いながらギターを弾き始めました。

「感染者が出たの？」

「アリさん、出たんだ3人も」

「あら怖い。いよいよ近づいて来たわね」

「もういいよ、その話は！　ほらゲンもベースでも適当に弾け」

「周ちゃんクラスターだよ！」

「なんだよそれ？　どこのバンドだよ？　UKか？　あ？」

「2丁目の『バックス』でクラスターが出たんだよ！」

「はあ!?」

「あらやだ」

『バックス』はお父さんもよく演奏するライブハウスです。この日から街のライブハウスはどんどんお休みになってしまって、なんだか街全体から元気がなくなってしまったようでした。

お父さんはずっと家にいるようになり、朝から晩までギターを弾き続けてはお酒ばかりを飲んでいます。わたしはお父さんのお尻を蹴っ飛ばしてやりたいと何回も思いました。

お母さんとスーパーに行きました。わたしはこの時間が大好きです。

「ねえ、お金大丈夫なの？」

「まだ大丈夫よ。子供がお金の心配なんてしなくていいのよ」

「だって、うちには子供が3人もいるし」

「3人？　そうね、大きな子供が毎日ギターかき鳴らしてるもんね」

「ダンの奇声とお父さんのギターで、もうおかしくなりそう」

お母さんは笑いながら豚肉をいくつか手にとって見て、一番やすいものをカゴに入れました。スーパーに来てるおばちゃん達はほぼ全員知り合いで、みんなお母さんに話しかけてきます。

「周五郎さん、どう？」

「相変わらずです。ずっとギター弾いてます」

「まあライブハウスの再開も目処(めど)立ってないからね〜コロナってなんなのかしらね？」

「なんだか試されてるような気持ちになりますよね〜」

大体の場合、お母さんの少し変な発言で会話が終わり、おばちゃん達は離れていく。

「ねえ、お母さんが言ったらお父さんもちゃんと働くと思うんだけど」

「お父さんのお仕事は？」

「え――と、ギタリストでしょ？」

「そうでしょ？　お父さんは今はお仕事がお休みなだけで、働いてないわけでもないとお母さんは思うのよ」

「でもさ、ずっと家でギター弾いててもお金にならないでしょ？　だったらバイトでもなんでもした方がいいと思うの」

「花はお母さんのこと心配してくれてるんでしょ？　優しいわね」

「それになんか、最近お父さん見てるとイライラしちゃうことがある」

「あら？　思春期かしら？」

「そういうのじゃなくて！　なんかお父さんにイライラしちゃう自分も嫌なの」

「じゃあアイス買おうか？」

わたしが家で落ち込んだり怒っていたりすると、お母さんは小さいアイスをくれる。小さい頃にアイスが欲しくて怒ったふりをしたことがあったけど、アイスはもらえなかった。

「あのね花、お母さんはお父さんに何も言えないのよ」

「なんで？　全然意味わからない」

「だってお母さんが言ったら、お父さん、なんでも言うこと聞いちゃうんだもの」

わたしがお母さんの言ってることを理解しようと、立ち止まって考えていると、

「お父さんはお母さんのこと、大好きすぎるから」

と言いながらお母さんは小さなアイスが沢山入った大きな箱を冷凍庫からカゴに入れた。


　季節が夏になったくらいから、お父さんはちょくちょく路上でライブするようになりました。それまでもたまに路上でギター弾いてたけど、いつも口癖のように「やっぱライブハウスじゃないと空気が揺れないからダメだな」と言ってはやめて、みんなで家に帰ってきてお酒飲んでました。

　でも今回は違いました。お父さん達がやめる前に止められちゃいました。

「周ちゃん、明日、俺、市役所行って文句言ってくるわ！」

　怒りながら飲んでるのはドラムを叩くボンさん。ボンさんはお父さんの幼馴染(おさななじみ)で、小さい頃から一緒に音楽をやっていたらしいです。少し太っていて、飲んでないとあんまり喋らないし優しいし大好きなんだけど、酔うと声が大きくなって、箸でコップとかお皿とかなんでもリズミカルに叩くから嫌です。

「まあ、俺たちの音がカッコいいから人が立ち止まっちまうんだよ。俺たちの勝ちだよ」

とお父さんが言うと、

「ボンちゃんの気持ちもわかるけど、あいつらも仕事だからな」とゲンちゃんが言いました。

「ゲン！　てめえまでそっち寄りかよ！　俺たちの演奏聴いてる人に帰れって言いやがったんだぞ！　こっちはステージに立てなくて仕事が減っても我慢してるっていうのによ！」

ボンさんは自分のお喋りが終わると、必ず何かを叩いて終わりの合図をします。

「ちゃんと勉強して、公務員になれば良かったな俺も」

「なんだよゲン。お前ずっと公務員バカにしてたじゃねえか？」

「でもさ周ちゃん、やっぱなんかあった時は、結局公務員が最強だよ」

「じゃあベースもう弾けなくてもいいのか？」

「それは無理だよ！　周ちゃん、それとこれとは話が違うから！」

「何回輪廻(りんね)しても、無理なもんは無理だ。俺もお前も真面目に勉強なんてやれねえから、音楽やってるんだからよ。人様は人様。俺たち様は俺たち様だよ」

「周ちゃんは世界一のギタリストだから余裕があんだよ！」

「バカ言うなよ！　ゲンもボンも世界一だろが！」

「それな‼」

やれやれだわ。また同じ話をして、笑いながらお酒を飲んでる。ギター、ベース、皿ドラムで演奏スタート。さっきよりもご機嫌な曲が始まってる。友達同士で世界一だって言い合ってる人って世界に100万人くらいいるんだろうなと思う。

「そうだ！　ライブ配信やってくれよ、周ちゃん！」

「勝手にやればいいだろ。俺はライブしかやらないからよ。なっ、ボン？」

「おう！　俺たちは生でしかやらねえ！　ゲンみたいなやわい奴らで配信しとけ！」

「音楽止めていいのかよ！」

その言葉を聞いて動きが止まって怖い顔になったお父さんを見てボンさんが、

「ゲン！　バカっ、やめとけ」

と慌てて言いました。このパターンだ。ゲンちゃんが言っちゃいけないこと言って、ボンさんが止めて、お父さんが………

「今なんて言ったゲン‼　誰が音楽止めたって？　あ？　音楽が止まるってなんだよ？お前は音楽の神様か？　おこがましいんだよ、若造が‼　音楽は人間が借りてるだけなんだよ！　音楽は人間が死んでも止まらねえんだよ！」

「今日は我慢できねえ！　みんな苦しんでるんだよ！　周ちゃんも力貸してくれよ！　人間が死んだら、音楽も終わりだよ！　音楽がコロナに殺されようとしてるんだよ‼」

「音楽がコロナを殺すんだよ、ファックが‼」

お父さんとゲンちゃんが取っ組みあって、それをボンさんが止めて、笑いながらお母さんが見てる。お母さんは割れそうなものだけ片して、その様子に気づいてボンさんがお母さんに謝って、その隙にゲンちゃんがお父さんに殴られて鼻血を出す。

鼻血見ても驚かない小学生の女の子なんて私くらいのもんだわ。仲良く笑いながら飲んで、ほぼ毎回喧嘩して、で疲れてまた仲直りして飲んで、世界一だのなんだの始まるの。大人って同じことしてばかりで飽きないのかしら？

いつもよりもつまらない夏休みでした。街のお祭りも花火大会も中止で、おじいちゃんとおばあちゃんの家にも行けませんでした。お母さんと私はスマホでお墓参りしてたけど、お父さんは、そんなこと意味がない！　ご先祖さまに笑われる！　って言って参加しませんでした。

秋になって学校が始まったけど、運動会も文化祭も全部中止になりました。春の遠足もなくて、学校でもマスクで給食も喋れなくて、新しいクラスの人達とはまだなんとなく仲良くなれないでいました。

ある日、みんなで黙って給食を食べてたら、クラスのスピーカーからアニメの曲のギターが流れてきました。誰も喋ってなかったけどいつもより楽しそうにギターの音を聴いてました。そうして、いつもより美味しそうに食べてました。

どんどん色んな曲が流れてきて、クラスのみんなは楽しそうだったけど途中から私は嫌な予感しかしませんでした。昼休みに校長先生の部屋の前には沢山の子供が集まっていて、1年生から6年生までいっぱいいいました。先生達が、

「密にならないで！」「教室か校庭にでも行きなさい！」「ソーシャルディスタンス！」

と言いながらみんなを怒っていました。私は遠くから少しだけ中を見ることができました。悪い予感どおり、校長先生にお父さんが怒られていてお母さんが謝っていました。

「なあ松本！　あれ、お前の父ちゃんだよな？　メチャクチャ怒られてるじゃんw」

「カッコ良かったよ！」

「毎日やってよ！」

男子達に色んなこと言われて、私は恥ずかしくて泣きたくてその場から走り去りました。校舎の裏の小さな山の裏まで逃げて昼休みを過ごしました。

学校が終わって校門まで行くとお父さんが待ってました。お父さんはお母さんに怒られて、私に謝って一緒に帰るように言われたらしいです。

「怒ってるのか、花？」

「知らない」

「頼むよ。花に許してもらえないと、お父さん家に入れないんだよ」

「ずっと外にいればいいじゃん」

お父さんは喋らなくなり、鼻歌を歌ってました。私は冷たくなってきた風を鼻から吸い込んで、紅葉が黄色くなっていて春も夏も好きだけど秋も好きだな～なんて考えて歩いていました。

お父さんが焼き芋をひとつ買って半分私に渡しました。もう子供じゃないんだから、こんなもので許すわけないのにバカみたい。

「許して欲しくて買ったんじゃないぞ。美味しそうだから買ったんだ。本当は2本買えたら良かったけど、ポケットに200円しか入ってなかったからさ!」

笑いながらお父さんは言いました。

「許すからもらうんじゃなくて、美味しそうだからもらってあげる」

そう言って私は半分になった焼き芋をもらいました。とても甘くて美味しかったです。

「みんな、なんか言ってたか?」

「知らない」

「なんかしら言うだろ?　なあ花、教えてくれよ」

「お前の父ちゃん、大人なのに怒られてるって」

「あちゃちゃだな。でもさ、俺が通ってた時から校長はずっとあの校長なんだよ!　だからさ、気持ちもわかってくれたけどな」

「また、お母さんに謝らせた」

「それを言われちゃうと困ったもんだ」

お父さんは寂しそうな、なんだか居心地悪そうな顔をしながら焼き芋の皮を川にチビチビ捨てた。

「男子も女子も、ほとんどの子が、楽しかったたって。カッコよかったたって。給食が美味しかったって」

「マジかよ⁉　え？　なんだよ！　そうだよな。子供だって音楽わかるんだよ！　いいや、むしろ子供の方が本当の音楽わかるんだよな！」

お父さんは急にはしゃぎ出し、焼き芋を皮ごと食べてぐるぐる走り出した。

「今日は最高の日になったぞ‼　花の友達に褒められるなんて、今日からは今日がお父さんの新しい誕生日だ‼」

「は？　バカじゃないの？」

お父さんは大喜びでなんか叫んでいたけど、残りの焼き芋を勢いで全部口に入れて、苦しそうにして目の前にあったクリーニング屋に飛び込んで、店のマサさんから急いで水をもらっていました。

私はお父さんを置いて先に帰りました。昔は河童（かっぱ）や天狗（てんぐ）が見えたけど、最近はいないな～なんてことを考えながら、お父さんに追いつかれないように早歩きで家に向かいました。

「おかえりなさい！　今日は大変だったね」

お母さんが夕飯の支度をしながら言いました。

「お父さん、本当に大嫌い」

「あれ？　お父さんは？」

「みんなが、お父さんの演奏がカッコよかったたって言ってたたって言ったら、はしゃいでいなくなったから、置いてきた」

お母さんは私を抱きしめて言いました。

「花。偉いね。みんなが言ってたこと、お父さんにちゃんと言ってくれたんだね。本当は言いたくなかったでしょ？　花、偉いね。ありがとうね」

お母さんのいい匂いがしました。でも、この時は私はいっぱいお母さんに甘えちゃいけない気がしてました。ダンが産まれてからは、お母さんに甘えました。

1時間してようやく帰ってきたお父さんはゲンちゃんとボンさんと一緒で、居酒屋さんで乾杯してから帰ってきたと言ってました。

お父さんは帰ってくるなり嬉しそうに、自分が今日怒られたことなんてなかったかのように
「なあなあなあ、聞いてくれよ！　花の友達が俺の音楽カッコいいって！　なあ、これはもう史上最大の大宴会だろ？」

とお母さんに言いました。お母さんは、

「じゃあみんな呼んで盛り上がりましょう！　最近いい事なかったから祝いましょう！」

と言いました。

それから何日経っても私はお父さんと口をききませんでした。居間でいつものようにお

父さんがギターを弾いていて、ダンが真似るようにギターを鳴らして遊んでいました。

「ダン！　お前カッコいい音鳴らすじゃねえか！」

「イエーイ‼」

ダンが無邪気に雄叫びをあげながら適当に弦をかき鳴らしました。

「ダンはまだ4歳だけど、小学校に入るくらいには世界で2番目のギタリストかもな」

お父さんがそう言うとダンが、

「1位はパパだもんね」

と言って、2人で楽しそうに笑ってました。男子は基本的にはバカなんだと思いました。

「花はどうする？　ダンがギターだし、ベースでもやるか？　それとも女ドラマーもカッコいいぞ！　でも、あれか？　花はキーボードとかがいいか？　それともお母さんみたいにボーカルになるか？」

私は2階の自分の部屋に避難して宿題をすることにしました。ダンがギターを持って部屋に入ってきて、

「お姉ちゃんに歌ってほしい！」

と言ったので、

「お姉ちゃん、宿題するから歌えない」

と断りました。そうしたらダンがゴネ始めて、

「お姉ちゃんとお父さん仲直りして！　じゃないと嫌だ！　楽しくない！　お姉ちゃんが歌ってくれるまでここでギター弾く！」

と言ってうるさくしました。私はしばらく無視してたけど、段々イライラしてきて叫ぼうと思いました。そうしたらお母さんが入ってきて、

「ダン、下に降りてなさい。お姉ちゃんラブレター書いてるんだから」

私は驚きました。だって書いてないから。

「わかった！」

「お母さんが後で歌ってあげるから、お父さんのところに行って練習してて」

「オッケー‼」

ダンが、ラブレターだ――――と叫びながら階段を降りて行きました。

「お母さん、私ラブレターなんて書いてない」

「うん。でも書いてた可能性はあるでしょ？」

って言いながらお母さんは笑ってベッドに座りました。

「ダンはまだまだみんなが好きだから、みんなが仲良くしてて欲しいのよ」

「わかってる」

「お父さんのこと嫌い？」

「お父さん、仕事しないし怠け者だし嫌い」

そう私が言うと、お母さんは不思議そうな顔をしてから、

「あらそう？　お父さん怠け者どころか世界一の働き者だと思うけどなぁ、お母さんは」

と言ったから、私はまた驚いたしムカついてしまったので、

「はあ？　お母さんがそんなんだから、お父さんも甘えるんだよ！」

と言ってしまいました。お母さんはエプロンのポケットに手を入れて、

「はい。アイス。お父さんの職業はギタリストでしょ？　ねえ、あんなに起きてから寝るまでギター弾いてる人見たことある？　働き者でしょ？」

と言いながら小さなアイスを渡しました。私はアイスを食べながらお母さんが言ったことを考えていました。

お母さんは下に降りて行きました。少しするとお父さんとダンのギターに合わせてお母さんの綺麗な歌声が聞こえてきました。私は宿題をしながら、少しだけみんなに混ざりたい気持ちでいました。

次の日の朝、私が学校に行こうとすると、

「今日は早く起きちゃったから、バイクで学校まで送って行くぞ！」

私の気持ちなんて無視してお父さんが言いました。お父さんの小さなバイクの後ろに乗るのが大好きでした。でも最近は全然乗ってませんでした。

「恥ずかしいから、いい」

断って学校に行こうとするとお母さんが、

「たまには乗っけてってもらいなさい。気持ち良いし！」

と2階の窓から布団干しながら言うから乗ってあげることにしました。私はバイクの後ろに乗って大きな声で聞きました。

「なんでいつもギター弾いてるの⁉」

お父さんは、

「それはさ、お母さんがいつも近くにいるからだよ！」

と笑いながら叫びました。なんかよく意味がわからなくて黙っていると、

「だってさ！　好きな人には自分が1番カッコいいところ見て欲しいだろ？」

と大きな声で言いました。私はお父さんにバレないように後ろで少しニヤニヤしました。

「やっぱり愛はいいな！　愛の話したらテンション上がってきた！　どっか寄り道してから行くか⁉」

「ダメ！　真っ直ぐ学校行って！」

「わかりましたよ、お姫様‼」

お父さんは嬉しそうに少しだけバイクの速度を上げました。

冬になりました。いつものような夜。飲みながら騒ぐ大人チームの横で私はダラダラし

てました。ダンは大人に混じってギターを弾いてました。

街のみんなでライブハウスを助けるために配信ライブをやる話になって、またいつものように喧嘩です。ゲンちゃんは、もう泣きながら訴えてました。

「なあ、今回のは大きくやるんだよ！　周ちゃん、頼むよ」

「だからさ、お前もしつけえな！　動画はやらねえんだよ！　伝わらねえんだよ！」

「街のみんなで声かけて、わりと知名度あるバンドも参加する。相変わらず客は入れれねえから、町中のライブハウスから配信のフェスだ。半分は無料で公開だ。それで色んな人に見てもらって聴いてもらって、沢山配信チケット買ってもらって、ライブハウスや技術スタッフに渡したいんだよ！　絶対に盛り上げるからさ！」

珍しくボンさんもゲンちゃんに助太刀してました。

「周ちゃんが頑なに配信やらなかった気持ちもわかる。でもさ、ライブハウスには金入れたいだろ？」

「そりゃそうだよ。わかってるよ、そんなことは」

お父さんはガブガブ焼酎をグラスに入れて話を続けた。

「なんか、ライブハウスを助けるって恐れ多いって言うかさ、なんか俺たちのやるべきことなのかな？　俺たちがやるべきことは音楽だけだ。やるべきっていうか、やれることは音楽だけで、やりたいのも音楽だけだ」

　ゲンちゃんが立ち上がった。

「だからその音楽をやってきた仲間のためだろ？　音楽をやる場所がなくなったら音楽もクソもねえし、ライブハウス側からはなかなか俺たちに言いづらいところもあるだろうから、俺たちも動かねえといけねえんだよ！」

「俺は音楽以外わからねえよ」

「だったら黙って音楽やってくれよ！」

「だから生じゃなければ音楽じゃねえだろ！」

　また摑み合いが始まりました。いつもと違うのはボンさんがお父さんを摑んで投げ飛ばしたことでした。お父さんは驚いてました。

「なあ、周ちゃん、配信の質も上がってる。ゲンが言ってることはメチャクチャにシンプルでよ。助けてくれって言ってんだよ。周ちゃんのギターがあれば盛り上がるって言ってんだよ！　音楽がどうとか、仕事がどうとか、そういうのじゃねえんだよ！」

　ボンさんとゲンちゃんは泣きながら帰って行きました。その日の夜、お父さんはいつまでもギターを弾いていましたが、音色はずっと寂しそうでした。

　ライブの当日、お父さんは普段と変わらず家でギターを弾いてました。居間にお母さんがやってきて、

「ねえ周ちゃん、今回だけ弾いてよ」

と言いながら、

「アリに頼まれちゃ仕方がねえ！」

と言って立ち上がり、お母さんはいつもとは違う声で、

「だろ？」

と言いました。お父さんはゲラゲラ笑いながら、

「暴れてくるわ！」

と言いました。私はドキッとしたけど、なんだかお母さんがすごくカッコよくて、いつもの2人の空気じゃなくて、なんだかバンドのメンバー同士みたいな感じでした。

と言ってお父さんは家を走り出ました。その姿を見てお母さんはクスクス笑ってました。

「さあ花、ダン、スマホもタブレットも全部用意しな！　今夜は痺れるよ！」

お母さんの号令で私もダンもなんだか嬉しくなって大きな声で返事してました。

「イエ――イ‼」

私達は自分達が好きなライブシャツ着ながら配信を家で見ました。配信を初めて見たけど、ライブハウスにいるくらい3人ではしゃぎました！　あんなにジャンプしてるお母さんを初めて見ました。

みんなで沢山笑いました。みんなで沢山声を出しました。今年のもやもやした何かが全部出ていっちゃう感じでした！　そうして汗だくでギターを弾き鳴らすお父さんは、もの凄くキラキラビリビリしてました。

汗だくのお父さんあんなに大嫌いなのに、いつも家でダラダラしてるのに、私はライブ中に気がついたら叫んでました。

「お父さん、カッコいい！！！」

ダンもお母さんも画面のお父さんに向かって何度も何度も叫んでました。

次の日、朝から家の電話が鳴りっぱなしでした。相手は世界中の人からでした。来年のフェスへの誘いや、スタジオでのアルバム収録でギターを弾いて欲しいなど全部お父さんへの電話でした。

お父さんとゲンちゃんとボンさんは朝まで飲んでたようで、居間でずっと寝てました。

動画の再生数は何日経っても伸び続けていて夢を見ているようでした。

電話を切ったお母さんが、

「ね？　お父さんって本当にギター世界一上手いのよ」

と自分のことみたいにドヤ顔で言ったから面白かったです。

「ねえ、前にお父さんにはお願いしないって言ってたのに、なんで昨日はギター弾いてって言ったの？」

「だってお父さん、本当は凄く弾きたいのに引き下がれなくて強がってたから、なんか可哀想になっちゃって。それにね、自分の好きな人が本当はすっごいカッコいいんだって、世界中の人に自慢したくなったの」

その言葉を聞いた時に私は嬉しすぎて、体の中でいろんな種類のお花がいっぱいいっぱい咲いたような気がしました。

雪が降ってきて、気がついたらお父さん達も起きてきて、雪合戦やろうと大騒ぎ。みんなでグウとパーでチーム分けして遊びました。

他の人から見えないようにお父さんと私は2人で壁の裏で息を潜めていました。

「昨日どうだった?」

「カッコよかった」

小声で内緒話みたいだったのに、

「そうか⁉　やっぱりそうか!　アリ、みんな、聞いてくれ花がさ!」

叫びながら出ていったお父さんはみんなの標的にされていました。私はお父さんを大好きなお母さんが、お母さんを大好きなお父さんが、大好きなんだと思いました。

21　夫婦とワクチンと

パラリーガルの河野スルオは部屋で久し振りに妻への愛が高まっていることを感じていた。本人的には「やっぱり俺は君を愛しているんだ！」と自分の気持ちの変化を、自分勝手に肯定的に捉えていた。ただただ性的に興奮しているだけだとは捉えられない、悲しくも、めでたい脳味噌(みそ)である。

妻のコバミは決して察知能力が高い人間ではなかったが、スルオの空気の変化に対してのセンサーだけは世界一の感度までレベルアップしていた。家族や夫婦や友達や上司部下などなど、人間は好きな人や嫌いな人に対して特殊能力とでも言えるほどの察知能力が備わることがある。

コバミは休日前の夜をリビングでまだまだゆっくり過ごしていたかったが、スルオの体からピンクがかったオーラが漏れ出ていることを察して浴室へと逃げていった。

15分程度しか経過していないがスルオにとってはずいぶん長く感じ、浴室へ行って「たまには背中でも流そうか？」と下手な声がけをした。もちろんコバミに丁寧に断られ、スルオはリビングにソワソワしながら戻った。スルオはコバミと交わりたくてたまらないのだ。

スルオは結婚してから浮気を散々してきた。いや、付き合ってる頃から節操なく女遊びをしていた。バレていないと思っているのはスルオ本人だけで、コバミはもちろん、周りの人間誰しもが知ってることだった。

しかし世界はコロナ禍。当初は仕事の大半がリモートになったことをコバミに隠し、家を出て昼に不倫相手と行為をしてコーヒーショップやレンタルルームで仕事をした。

変異株が猛威を振るうようになってからは、今まで以上に誰もがソーシャルディスタンスを心がけるようになり、スルオの浮気相手達も他人との接触を避けるようになり、結果的に複数人相手に数年続けたスルオ浮気シーズンはしれっと幕を閉じた。なのでスルオはシンプルに悶々(もんもん)としていた。

パジャマに着替えてリビングに帰ってきたコバミの色気にスルオは限界を迎え「愛してる」という言葉を投げかけ抱きしめに行った。するとコバミは素早く大股で後ろに一歩引き下がり「密です、密です‼」と言い放った。

その警告音のような言葉の響きに一瞬動きが鈍ったが「夫婦で密も何もないだろ」と無理矢理笑顔を作り、スルオは言った。

「当たり前のことを当たり前のように」

「ソーーーシャルディスタンス！！！」

スルオの言葉を遮り、コバミの言葉が必殺技のように強く部屋に轟いた。

ソーシャルディスタンス。

このワードが発する威力はすでに全国民のＤＮＡに刻み込まれており、発した相手がどんなに身近な存在であろうと、浴びせられた側は体の細胞が一瞬コウチャクしてしまうのである！

細胞が正気に戻り、スルオがまた近づこうとすると唱えられる『ソーシャルディスタンス！』。スルオがまた距離を詰めようとすれば叫ばれ、止まって動いて呪文の叫び声の繰り返し。どちらも大真面目だが、他所から見れば可愛いおふざけである。

コバミは浮気を重ねてきたスルオと抱き合うことが嫌なのだ……というわけではない。コバミは結婚当初と変わらずスルオのことを大切に思っていた。では何故に旦那の求愛を拒むのか？　答えは愛や浮気よりも単純で明快である。そう！　コロナへの感染リスクを恐れているのだ。

コバミは一年以上にわたり感染予防を徹底してきた。極力外には出ないし、手洗いうがいマスクは当たり前、部屋をこまめに換気し適度な温度と湿度に保つ。さらには1時間おきに半信半疑とはいえイソジンでうがい。これらにより飛沫での感染リスクはかなり軽減。

夜は早く寝て朝は早く起き、栄養のバランスを考えた食事をとり、部屋で適度な運動をし、バラエティを見て笑い、大好きな音楽を聴き、定期的に友達とオンラインでやりとりし、仕事でのストレスを減らすために業務のノルマ設定値を下げ、感染予防の絶対的エースの免疫力を高水準で保てるよう努力していた。

ヘンテコな緊張感の漂う中で、「どうしてワクチン打ってくれないのよ？」というコバミの問いに、スルオは急に笑い出し、「そうだ！　それを言い忘れていた。今日ワクチン打ってきたんだ！」と得意げな顔で伝えた。

「本当？　あんなに危険だ危険だって言って拒んでいたのに、どうして？」

「それは、君に触れたいから。君と触れ合えるなら、危険だって冒すさ」

ワクチンはある一定の確率で中等症・重症になることを回避できるが絶対ではない。感染率が下がるかどうかのデータは国やワクチンの種類によってマチマチだ。コバミはこの1年半とにかく不安でしかなかった。

ようやく順番が来てワクチンを2人で接種できると思ったところで、スルオが拒否したことにより2人の関係性には微妙なヒビが入った。しかしそのヒビ割れもスルオのワクチン接種により溶接。コバミの体の強張りが取れていき、みるみる柔らかい表情になっていった。

彼女は少しニヤニヤしながら冷蔵庫のハイボールを2本持ってきてスルオに渡すと、2人は乾杯して一口ゴクッと飲んだ。スルオの顔にも一気に艶が溢れ、口説き文句が次々にさらさらと出てきた。

こんな夜はいつ以来だろうか？　本来ならば、強く熱くすぐにでも抱き合いたいはずなのに、長い緊張から解放された心地よさを味わうように、焦ることなくゆっくり身を任せるようにアルコールを飲んだ。

部屋の中にはいつの間にかかかったクラシックの音だけが流れ、言葉を発する事の無意味さを知った2人の口が、吸い寄せられるように近づいていった。優しく触れて数秒後、力を入れようとしたスルオとは逆にコバミは全身の力を抜きながら、「どこのワクチン？」と聞いた。質問が唐突だっただけにスルオは下手な反応をとってしまった。

「ん？　もちろんロシアだよ」

「今、変な間があった」

「それは気持ちが昂(たかぶ)っていただけさ」

2人は激しいキスを繰り返しながら、服を脱がし合い寝室へと向かった。久し振りに自分の肌以外の肌に触れて、スルオもコバミも自分が動物なんだということを思い出していた。

スルオがコバミに入り、スルオもコバミも肉体の赴くままに動いた。肌に汗が滲(にじ)み始め呼吸も速くなり、身体(からだ)の芯が熱くなっていくのを感じていた。スルオは自分の中にある愛がコバミに向かって急速に膨張していくのを感じていた。

　それが愛か欲かは今はどちらでもいい。自粛生活でかえって引き締まり美しさに磨きがかかった自分の妻が誇らしく、いつまでも守りたいなどという、その場的なご都合的な思考で自分に酔いながらリズムを上げた。

「はあ、はあ、で、どこのワクチンを打ったの？」

　狙い澄ましたようにコバミが聞いた。

「え？　どこだっていいじゃないか！　はあ、はあ」

「はあ、はあ、やっぱり打ってないんでしょ？」

「打ってるって！　はあ、本当に打ったから！　はあ、はあ、今はいいだろそんな話！」

　スルオの口ぶりでコバミの疑念は確信へと向かっていった。

「本当の、はあ、はあ、ことを言ってくれないなら、やめる」

「待て待て待て！　はあ、今やめるなんて、はあ、バカだよ」

「バカ？　はあ、バカでも結構よ。イギリス？　アメリカ？　どこの打ったのよ？」

「はあはあ、だから中国だよ‼」

「はいバレた！　はあ、さっきはロシアって言ったから！」

「ロシアロシア！　はあはあ、間違えただけだって！」

「もうやめる！」

「ダメダメ！　はっ、もう少しだからっっ！」

「もう少しってなによ！　こっちはまだまだなんだから！」

「はああ、愛してる!!」

「はあ、貴方は愛してなんてない！」

コバミはスルオの首を絞めた。

「はあ、な、にを、してるんだ。はあはあ」

「貴方が私を愛してるなんて嘘！　愛してるなら早くワクチン打ってるはずだから！　仮に貴方が私を本当に愛しているなら、貴方の愛なんて安くて小さい惨めなものだわ！　そんなバカ男が欲情と愛すら区別つかずに私を抱くなんて許せないのよ。せめて本当にロシアか中国のワクチン打ってくれてたら……私だって、私だって……本当に貴方はバカのポコチン野郎よ!!　資本主義の悪魔に騙されて、どうせそのうちSDGsとか言い出すのよ。ずっと洗脳されてるのよ！　資本主義のワクチン打ったら終わりなんだから！　どうせ騙されて死ぬなら私が殺してあげるわよ！　本物の愛の深さを知りなさい!!　殺せるんだから。好きなら相手、殺せるんだから！」

スルオは最初は抵抗したが、途中から本気で拒まなかった。なぜならあと少しだったから。それに今まで自分では知らなかったマゾ面が覚醒するのを感じていた。

「偽物のワクチン打っといて、何が愛だ!?　愛を知れ！　これが愛よ！　そうよ、これが愛なのよ!!!!!」

2人はベッドで力尽きた。コバミはスルオの上で息を整えていたが、スルオの息は途絶えていた。

真っ白い無機質な部屋の照明が赤くなりブザーが鳴り響いている。部屋自体が機械的な声でアナウンスを繰り返している。

「心肺停止。心肺停止」

ミロクは椅子に座り精子を出した状態で死んでいる。30秒後、椅子に電気が流れミロクは長い眠りから起きるように重く目を覚まし立ち上がり、ダルそうにズボンとパンツを脱ぎランドリーシューターに投げ込んだ。ミロクは性的な脱力と生死を行き来した恍惚感の余韻に浸った肉体と脳味噌の得も言われぬ快楽で朦朧としながら、心より呟いた。

「今週から始まったドキュメントシリーズ・実録夫婦快楽殺人2021版。マジでたまらん」

コロナがもたらした世界、プライスレス。

22　あの頃な病。それとモリ問題

　夜。街は静けさに覆われていた。東京都港区のタワーマンション最上階。桐谷タケル33歳は友人の西森マナブと喋っている。仕事終わりで疲れていることもあって、タケルは気だるそうにしていた。

　久し振りにマナブと話すけど、やっぱりやめておけば良かった。

「洒落たもの飲んでるな？　美味そうだな？　金持ちは違いますな〜」

ほらきた。こいつの卑屈はすぐに顔を出すし、辛口・皮肉を勘違いしていて、ユーモアまで昇華できないから、ただただ気分が悪い。

「これは成城石井でゲットした、どっかの国の炭酸水だよ」

「嘘だろ？　なんで酒じゃないんだよ？　え？　俺とは飲めねえのか？　って本当は酒なんだろ？」

「なんで嘘つく必要があるんだよ。俺はいいから、マナブは酒飲んでろよ」

「タケルも飲めよ。つれねえな。飲まないで、よくやってられるな」

もうそこそこ酔ってやがる。こいつはいつから飲んでるんだ？　働けよ！　と言いたいところだけども、無職のやつに言うには大人気（おとなげ）ないか。酒ってのは労働の褒美としての役割が大きい気がするが、まあ無職のやつの方が酒飲むのかもな。

「最近は飲んでないのか？」

「酒は滅多にやらない」

ここで飲んでるなんて答えたら、必ず無理矢理飲まされるからな。とはいえ、そういえば酒は最近飲んでないな。

「葉っぱか？」

ニヤニヤした顔で聞くんじゃねえよ。合法？　非合法？　そんな時代じゃねえし、いちいちイヤらしい顔で聞くんじゃねえ。

「そうだな。適当に買って、適当に気晴らしにやるくらいだ」

「いい？」

「良かったり悪かったりだな。酒よりは効率がいい」

「ふーん。高いのか？」

「ピンキリだよ」

「高いのでいくらくらい？」

「マジで高いのだと、10回分で50万くらい？」

「は？　マジで？　セレブじゃん！」

じゃあお前も試しにやってみるか？　だったら少しあげるよ。とでも言って欲しいのだろう。気持ちが乗らない相手との会話は受け身になるから気が重い。早く寝ちまえよ。

「俺もそれは1回しか買ったことないから」

「そんな金あったら最高級の女買ったほうがいいわ」

「そうかもな」

「そうかもな、じゃねえよタケル。女も定期的に買ってんだろ？　独身の小金持ちは気楽で無敵でいいよな！　え？　俺のことバカにしてる？　え？　どっち？　世の中をバカにしてるの、それとも俺をバカにしてるの？　両方か⁉　俺は確かにミスったよ。だけど、それは時代のせいでもあるし、環境のせいでもある。結局、運だろ？　お前が失敗して、俺が成功してるパラレルワールドも確実にあるし、なんなら俺が成功している世界線の方が多いかもしれないし、全部のパラレルワールド見て数えたいわ！　お前が失敗してるワールド、数多（あまた）に存在してるから、絶対‼」

昔は真面目で明るいやつだったけど、そもそも本質的にはクソで、今さら本性が表面化しただけなのかもな。誰かが言ってた言葉、人間ってのはうまくいってない時の振る舞いで決まる。あの言葉はあながち間違ってないのかもな。

「………ごめん。少し酔ってるかも」

謝るなよ。謝るなら言うなよ。酒のせいにするなよ！　お前が俺をどっかでバカにしてたんだろ？　だから俺に負けたことが咀嚼できないだけだろ⁉　ざけんなよ。なんだよ。喋れよ。なんだよ、この気まずい沈黙は。ん？　お前は謝ったから喋るのは俺のターンか？　気にしてないよ。俺の成功は偶然でお前の失敗はたまたまさ。って言えば満足なんだろ？　言わねえけどな。

「あの頃な…………。…………」

続けろよ！　っていうか昔を懐かしむなよ！　こういう喋りする奴が世界で一番タルい。

「あの頃、なんだよ？」

「あの頃な……楽しかったな」

「人それぞれだろ」

「東京の夜なんて、ネオンだらけでさ。賑やかだったよな」

やめろやめろ！　飽きたよ、懐かしむの。

「2人で歌舞伎町行ったよな。あの頃は俺もまだ独身でさ。そうだ！　俺がキャバクラ奢ったよな！」

「そうだったか？」

「ゴジラビルのゴジラも、まだ元気だった頃でさ。センターの通りから突き当たって右折してコンビニの前通って、何本目か左のところ。指名して女に気前よくドリンクまで飲ませて、勝手に延長してさ、お前が。２人でセットで5万くらいしてさ！　そうだそうだ！　思い出した！　お前は笑いながら帰りのラーメン奢ってチャラとか言ってよ。そうだそうだ」

「じゃあ払うよ」

「払えよ！」

「いくらだよ？　5万か？　10万か？」

「いらねえよ」

「なんだよ、それ！　じゃあグチグチ言うなよ」

「別に文句じゃねえよ。懐かしいって話だよ」

目ウルウルさせて一気に飲んでんじゃねえよ。腹たつな、こいつ。

「あの頃な………」

またかよ！　病気だよこいつ。あの頃な病だよ。過去にしがみついてどうすんだよ？　ジジイかよ！　勘弁してくれよ。

「美味いラーメン、夜にいつでも食えてたな。あれって普通じゃなかったんだな。ものすげー、ありがたいことだったんだな」

「そうだな。で、今日はなんだよ？」

「小学校からの友達が久し振りに飲もうって言ってんだよ。なんか大事な用事が必要なのかよ？　なんだよ⁉　忙しいお前と飲むには金でも払えってことか？　お前はキャバ嬢か？　あ？　それともあの時のキャバクラの金をここで回収か？」

「落ち着けって、喧嘩売ってないから」

「お前だろ！　で、今日は何の用？　ってなんだよ。友達に言う言葉かよ」

ダメだ。こいつはアル中だ。本当にどうして俺は、今さらこいつと話してるんだ？　もう住む世界が違うっていうの。

「いくらくらい貯金あるんだよ？」

「なんだよ、いきなり」

「5億か？　10億か？」

「言わないよ。言う必要ないだろ」

「世間の不況なんて無視して株で稼ぎやがって。いや、違うな。お前らが金を電脳空間にだけ集めたから、世界が不況になったんだよ」

「言いがかり。お前だって証券会社でバリバリやってただろ？　勝手に落ちぶれて、八つ当たりやめてくれよ」

「あの頃な……」

「もういいよ、それ‼」

「あの頃、女房も子供もいて、帰れるんだったら帰りてえよ。俺だって、俺だって……」

「泣かれて、どうすりゃいいんだよ？」

「何もしなくていいよ！　泣かせてくれよ！　こうやって話せる奴はもうお前しかいないんだからよ」

確かに。俺も誰かと喋ったのはいつ以来だろうか？　あの頃は意識してなかったけど、誰かと喋るって行為はそれだけでストレスが無意識にかかって、でも同時に会話をすることで、気の交換？的な感じで生き物として癒されていたのかもな。

ストレスと癒しを同時に味わう？　まあスポーツにしてもセックスにしてもなんでもそうか。寝ても食べても体力は使ってるわけだもんな。人間同士のコミュニケーションっていうのは、人間にとって必要不可欠なのかもな。

「2人の死体、まだ家にあるんだよ」

「え？」

「どうしていいか、わからなくてさ」

「そうか」

なんつう世界線で生きてんだよこいつは？　ってまあ珍しくもないか。

「あのコロナ……あの時は、まだまだ幸せだったな」

「そうかもな。コロナコロナコロナ騒いでいたけど、それでも飲食店にもコンサート会場にも映画館にもちょこちょこ行けたしな。スポーツも全然普通にやってたしな」

「あのコロナの頃に帰りてえよ」

「…………70億」

「ん？」

「俺の貯金。だけどさ、それがなんだよ？　意味あるのかよ」

「ニュージーランドに移住できるんじゃねぇの？」

「まだ足りねえよ」

「じゃあ俺と同じで貧乏だなw」

「だなw」

久しぶりに少し笑ったかも。ん？　なんかこいつ、様子が変だな。

「おい、どうした？」

「さっき睡眠薬飲んだんだ。で、最後にお前と話したくてよ。色々ごめんな」


そう言って静かに笑ったマナブは、目を閉じて幸せそうに寝てしまいました。画面越しに見えるマナブの家のリビングが、凄(すご)い勢いで火に包まれていきました。

これでマナブも愛する家族のところへ行けるのだと思うと不思議と悲しみもありませんでした。

そういえば悲しみという感情は、あの頃からすでに麻痺(まひ)して無くなっていたかもしれません。2025年に始まったモリウイルス感染爆発。あれから2年で世界の人口は1000分の1まで減ったと言われていますが、詳しいデータなどもう誰も集計してないのでしょう。

日本も例外なく多くの犠牲者が出ました。部屋の窓ガラスから見える東京は真っ暗で、街全体に墨汁を垂らされたみたいです。

遠くでオレンジ色した炎があがりました。あれはマナブの家だろうか？　サイレンは聴こえない。

23　人と空の間には

とても静かな夜。無機質な巨大な宮殿の奥の部屋、ベッドに1人の男が横たわっている。音もさせずにそこにやってきたのは透き通るようなブラウンの肌をした絶世の美女。彼女はなんの躊躇（ちゅうちょ）もなく静かにベッドに入り彼に寄り添った。

「王様、初めまして。本日お相手をさせて頂くナイトと申します」

「王様か。名ばかりだよ」

「どういったお話が好みですか？」

「君の声は僕の好みだ。どんな話でもいいよ」

ナイトは彼の胸に頭をのせ、甘えるように喋り出した。その声は広い部屋に静かに浸透していった。この宮殿に住んでいる人間は王1人だけなのだ。

今となっては昔の話、日本に3人の兄弟がいました。長男が一郎、次男が二郎、三男が三郎といいました。一郎は実家の電気屋を継ぎ、家電量販店に負けないように商売に励み、町内会の会合でも中心的な存在で、だれからも愛されており『誠実』『正義』『努力』を絵に描いたような人物だった。

二郎は有名大学を卒業し有名企業に就職し、バリバリにキャリア街道を突き進んでいた。クライアント先の受付嬢と結婚し、子供は作らずにパートナーと優雅な生活を送っていた。親にとっては一郎と同じように自慢の息子だった。

三郎はデザインの専門学校を卒業した後、勤めた会社を早々に退職。1度も実家を出ることもなく、たまにバイトをしながらのんびりと生きていた。親は様々なことを口うるさく言っていたが、親子の仲は良かった。

一郎が存在したから二郎の生き方があったのかもしれないし、三郎が存在しなければ一郎の生き方はなかったのかもしれない。その関係性を『バランス』という言葉で片づけるのか、『因果』という大きな概念まで広げるのかはさておき、世界の変化に影響を受けて彼らの位置も変化する。

そう、世界の価値が根底から揺らぐ事象があった、あの時から。

「どうしたの？　二郎兄ちゃん、最近ずっと家にいるよね？」

「言ってなかったっけ？　会社辞めて、離婚したんだよ」

「マジで？　ヤバくない？」

「ニートのお前の気持ちが、ようやくわかったよ」

「フリーターね。その言い方も古いかw」

二郎は2、3日洗ってないであろうスエットを上下に身につけ、ゲームしながら漫画を開いてる三郎の部屋にやってきて寝そべっていた。

「キコさん美人だったのに、勿体(もったい)無くない？」

「美人だから結婚したんだよ」

「どっちが先？　会社？　離婚？」

「会社辞めて、それ話したらなんか空気変わって、それで俺もなんか察した感じで、さらっと合意で離婚」

「会社とか美人妻がアイデンティティかと思ってた」

「嫌な言い方だな、お前」

「散々俺に嫌なこと言ってたし」

「だな。許せる？」

「まあ、そもそもそんなに気にしてない」

「おい！」

「一郎兄ちゃん、何だって？」

「好きなようにしろ。ここからまた頑張れって」

「次なにやるの？」

「次な……次ってなんだよｗ　こんな世の中で、何が次なんだよ？」

世の中で大きなニュースが流れて、世界は新しい様式に急速に流れ始め、ニューノーマルからネオノーマルに移行してまだ間もない。しかし、繊細な人間ほど敏感に反応して、心身に影響が出ていた。

「三郎、俺はさ、今までは、人間は努力できる人・努力できない人の２つに分かれると思ってた」

「俺は努力できない側だろ？」

「今は、少し考え方が変わった」

「コーラ飲む？」

「ヌルい？」

「まだ冷たい」

三郎が紙コップにコーラを注ぎ、二郎に渡す。兄弟として口に入れる物のやり取りをするのはいつ以来なのか？　二郎はコーラを口にして、そんな事を考えていた。

「やっぱコーラ、美味いな」

「多分、ダメなやつしか感じれない旨味（うまみ）が入ってるんだよ」

「スゲー偏見だなｗ　でも確かにだいぶ前に、なんかで飲んだコーラより倍くらい美味いわ」

三郎の外したヘッドホンから溢れる微音と、二郎のコーラの泡が弾ける音が、部屋の中で小さく優しく溶け合っていた。柔らかい空気の中で、二郎が静かに言った。

「何があっても頑張れる人と、たまには頑張れる人。この2種類だ」

「あれ？　頑張れない人は？」

「そんな奴はいないんだよ。前の俺は調子に乗って自惚れてたんだろうな～結果が出てない奴は、努力してない奴だと思ってた。でもさ、だれでもなんかは頑張ってるし、だれでも何回かは頑張ってる。そもそも、何も頑張らない人間なんていないんだよ。誰だって赤ちゃんの時に立ち上がる時は頑張ってるんだよ。だからさ」

「怖い怖い！　なにその話？　ちょっと温度、高めじゃない？」

「そうだな。もうこういう熱量とか意味ないよな」

「っていうか、しょうがなくない？　二郎兄ちゃん、頑張ってきたし、会社だって兄ちゃんのせいじゃないし、そんな感じの気持ちになるのも仕方なくない？　だからさ、自分を責める必要もないし、落ち込むこともないよ。俺にとっては、どうなっても兄ちゃんは兄ちゃんだし」

「いやいや、そっちも熱くなってるじゃん！　でも、ありがとうな」

「よもや二郎兄ちゃんとこんな格好で、こんな話をする日が来るとは思わなかったよ」

「ごめんな。今まで散々嫌なこと言って見下して。お前は変わらないよ。俺なんて世界が変わったら、簡単に変わっちゃったよ。自分でもビックリだよ。それに引き換え、お前は偉いよ。変わらないって凄いよな」

二郎は静かに泣き始めた。

「もしか、したら、変わらない人、変わっ、ちゃう人、の、2種類な、のかもな」

二郎の震えた言葉を聞きながら、三郎はヘッドホンをどうしたら良いのかわからないまま画面に目を戻した。

「自分が…し、し、信じてた信念が…こ、こんなに、も、脆いなんて…俺は…」

部屋のドアをノックする音がしてすぐにドアが開いた。そこには会社の制服を着た一郎が立っていた。

「二郎、ここにいたのか？　ん？　そうか、泣きたい時は、泣いた方がいい！　泣き終わったら、手伝って欲しいことがあるから声かけてくれ。アレ以来、会社を辞めて田舎に帰る奴が多くて困ったもんだ」

「一郎兄ちゃん！」

「なんだ、たまには三郎も手伝うか？　もちろんバイト代は払うぞ」

「手伝うのはいいんだけど、なんかちょっと、二郎兄ちゃんに冷たくない？」

「いいから、三郎」

「冷たい？　そうか、今少し冷たかったかもな。ごめんな二郎」

「全然大丈夫」

一郎が二郎に謝り、それを二郎が許しても三郎は納得できなかった。

「なんかさ、もう少しないの？　弟が泣いてるんだよ。それに対して言葉とかないの？」

「世界はそうそうには変わらない。だが、自分自身が変われば世界の景色を変えることができる。それが昔から言われていることだ。しかし、ごく稀に世界が本当に変わってしまうことがある。ルールは一緒だ。世界が変わったとしても自分が変わらなければ何も変わらないんだ」

一郎の真っ直ぐな言葉の強さが、弟達には痛かった。

「そういう意味では三郎、お前の世界は何も変わってないだろ？　残念ながら兄弟の中で二郎の景色だけが変わってしまったんだ。だが、それは悪いことではない。変化は悪ではない。問題は、変化を受け入れる覚悟があるか？　もしくは、変化しない自分を手に入れるために、今回のことを教訓とするか？　そのどちらかを選べるかどうかだ。有難いことに我々の心は努力で創り上げることが出来る」

「二郎兄ちゃんが普通だし、2人から俺がどう見えてるのか知らないけど、アレ以来実際俺もどうやって生きていって良いのかわからない。変わらないのは一郎兄ちゃんだけだし、本音を言えば一郎兄ちゃんの方が珍しくて、変人だと思うよ」

一郎は何故か全身に力を入れて、筋肉をモリモリ出して言った。

「かのエドワード・F・エルメスは言った！　万物は絶えず変化し続けている。変わらないのは人の心のみ」

喋りながら、身体をゆっくり動かしながら、ポーズをとる一郎。

「宇宙で唯一変わらない可能性がある人間の心を我々が持っているならば！　そう、それならば！　変わらない心を創り上げることに挑戦しないなんて、勿体無いじゃないか！」

ナイスポーズで喋り出したのを見て、二郎は一郎が怒り出していることを悟った。あまり心を乱さない兄が弟の言葉に動揺している。よほど『変人』という言葉が嫌だったのだろう。厳しい言葉をかけられていた二郎は、なんだか急に一郎に意地悪を言いたくなった。

「変化は悪じゃないと言ったけど、悪どころか変化は善だよ。僕の勤めてた会社の代表は立派な人だったよ。人格的にも尊敬できたし、ビジネスだって成功してた。その人が、若い頃の話を僕にしてくれた時があったんだ。僕らが小さい頃のことだよ。世界は大変だったんだ」

二郎は立ち上がり喋り始めた。

老舗の企業に勤めていた阿部（あべ）28歳は急に導入したリモートの仕事に手こずっていた。試行錯誤を繰り返し、ようやくスムーズに仕事がこなせるようになってきたタイミングでリモートは解除された。

「阿部、やっぱり仕事っていうのは会社に来ないとダメだな」

「三原さん、そうですね」

上司の三原の言葉に合わせた阿部だったが、リモートならではの利便性を捨てるのも勿体無いと思っていた。

「出社と在宅の使い分けを上手くやれれば、オフィスも縮小できますし、それぞれの平均通勤時間もかなり短縮できますし、両立するやり方を模索してみるのも手だとは思いますが、上層部の方とかそういう選択肢ってあるんですかね？」

「緊急時の手段としてのリモートだからな。やっぱり仕事は対面だろ？　なんかテレビでも、結局は雑談が大事！　ってやってたしな」

「もちろんです。雑談から生まれるアイデアもあれば、ストレスの軽減にもつながると思います。しかし、部署の特性や個人の性格や適性にあった働き方を選べるようにするチャンスだとも思うんですよね」

「意識高いな、阿部は」

「すみません。意識というか、変化に対応することも必要かなと」

「じゃあ上に提言書でも出してみたら？」

「ありがとうございます。じゃあ、ちょっと何人かでまとめてみます」

「馬鹿野郎！　冗談だよ。本気にするなよ。そんなもの通るわけないだろ」

「え？　どうしてですか？　コロナは跡形も無く消えるってことですか？」

「コロナは関係ないんだよ。上の人は会社に来たいんだよ」

「それはわかりますが、出社の回数が減ったほうが楽なんじゃないですか？」

「まあ慣れてるとはいえ、なるべく満員電車には乗りたくないよな？」

「はい。正直、慣れませんし」

「役員は車で来てるから満員電車なんて関係ない。それに居場所のない家にいるよりも会社にいて部下にヘコヘコされてた方が居心地良いに決まってるだろ？」

「え？　そんな理由ですか？」

「そんなって言うけどな、あの人達にとってはそれが全てだろ。人間なんて自分が偉そうにできる場所に少しでも長くいたい生き物だろ」

「確かに。言われてみればそうかもしれませんね。しかし、それで全社員を巻き込んで、非効率なこととして、会社の利益を下げるなんてナンセンスです」

「そこまでにしとけ。飲み屋じゃないんだぞ」

「すみません」

「より良い環境を！　そんな動きはない。リスクがある改革よりも安定したまま金もらって、たんまり退職金もらって次に行くことしか考えてないんだから」

「そんな時代ですかね？　社員が辞めないように改革してかないと。これからは人材の確保が、企業にとっての」

そこまで言ったところで、阿部はこのやりとりに意味がないことを悟った。上司の三原が悪いわけではない。かといって会社の上層部が悪いわけでもない。

昔、阿部が知らない日本が確かに存在した。その価値観が阿部は理解できないだけだった。経験を積むことの大事さの裏にある、経験を積むことで変化に対応できなくなるリスクを感じながら、阿部は独立することを決めた。

阿部の立ち上げた会社は世の中の変化にたえず対応を続け大企業となり、阿部の辞めた会社は10年後には倒産してしまった。２０２０年に起きたコロナ禍は人間だけではなく、企業をもふるいにかけた。

そのふるいの効果は当初わかりやすく顕著に出たが、10年後前後を目処にジリジリわかりづらく表れた。

二郎は得意げに語っていたが、一郎は全く動揺もない様子で、

「変化をしないものが失敗して、変化をしたものが成功しただけの話をしてなんの意味がある？　変化をして失敗した奴もごまんといただろうし、変化をしないことで生き残った企業もあるだろう」

二郎の話が多少は響くと期待していた三郎は反省した。これが一郎なのである。絶対に変わらないから、一郎なのである。

「一郎兄さんはダーウィンを知ってるだろ？　生き残ったものは何か？　強いものか？　違うんだ、変化に対応できたものが生き残ったと言ってるんだよ！」

三郎は興奮している二郎の肩を叩いた。

「二郎兄ちゃん。もうやめよう。不毛だよ」

「三郎の言う通りだ。二郎、お前の言うことは不毛だ。どうしてダーウィンが出てくる？　ダーウィンは進化論だぞ？　お前くらい頭が良ければ知ってるだろ？」

「は？　知ってるよ！　だから言ってるんだよ‼」

「俺達が話してるのは人生の話だ。進化や遺伝の話はしてない。どうして何億年単位の話と、たかだか120年くらいしか生きれない人間の話を一緒にするんだ？　変化したい人間が、変化を肯定したい人間がダーウィンを引っ張り出してるだけで説得力に欠けるぞ。お前みたいに頭のいいやつが下手な例え話なんてして、疲れてるんじゃないか？」

二郎は自分が本当に疲れて頭がおかしくなったのかと思うほどに、一郎のカウンターパンチは重く的確だった。一郎はなんの忖度もなく、ブレずに話を続ける。

「宇宙人が存在するってことがどうしてそんなに重要なんだ？　宇宙人は俺達の生活を脅かすことはない。それは約束されている。何も変わってないじゃないか？　コロナの騒動よりも楽なはずだ」

「今までは人間だけだった。もしくは人間と神様だけだった。なのに急に人間と神様の間に宇宙人がいるって知ったら、頑張る意味がなくなるだろ？　人間としてどんなに成功しても、上には宇宙人がいるんだよ？」

「お前は人類で一番偉くなろうとしていたのか？　この世界を支配しようとでも思って生きていたのか？　違うだろ？　だったら何も変わらないじゃないか？　お前は疲れてるんだ。ゆっくり休んだら、また働けばいい。俺達は宇宙人がいようがいまいが、金を稼いで飯を食わないといけないのだから」

一郎が二郎の肩を叩いた。二郎は部屋を飛び出して、そのまま帰ってくることはなかった。

静かな宮殿の中では、ブラウンの肌のアンドロイドの優しい声が物語を紡いでいた。

「のちに次男と三男は会社を立ち上げましたが、残念なことに破産してしまいました」

「長男の会社は安定して続いたってとこか」

「おっしゃる通りです。さすが王様」

「毎晩毎晩美しい人型アンドロイドがここへ来て、人間の歴史を様々なテイストで私に聞かせてくれるが、これは知識のためではなく、ただの暇つぶしのために来てくれているのだな」

「どうしましたか、王様？」

「最後に生き残った人間が知識を持っても意味はないだろ？　ここはもう宇宙人が支配する星だしな」

「人間が宇宙人と呼ぶ存在こそが、この星の最初の住人ですので、お許しください」

「人間ってなんだったのだろうな？　なあ、なんでもわかるんだろ？」

「はい」

「どうして次男は宇宙人がいるって知った時に無気力になったんだ？　私が生まれた時にはすでに宇宙人はいたし、人類もかなり減っていたから理解しようもない」

「複合的に幾つもの要素が絡み合っていますが、簡潔に言うならばただのおごりです」

「悲しい話だな。で、君の話した物語は、誰が正義なんだ？」

「人間には、正義も悪も何も存在していません」

「そうか。なんだか眠くなってきた」

「それでは、歌でも歌いましょう」

ナイトの清流のような透き通る歌声が柔らかく漂う。

「いつか私が息絶えたら、人類は終わるのか？」

「王様、ご安心ください。3回目の人類が終わるだけで、時がくれば我々が4回目の人類を誕生させますので」

「そうか。ならば安心して良き夢が見れそうだ」

窓の外は満天の星。今は地球上のどこからでも溢れんばかりの星達を見ることができる。

24　ラジオのコロナ　第3幕

【第3幕　2021年9月】

舞台上、簡易的なスタジオ。テーブル、椅子、マイク、機材

暗転中、休憩中の音楽が落ちていく

SE—17時の時報

SE—ラジオ局のジングル

照明—浜崎の喋りの途中からセンターエリア明転フェードイン

浜崎　昨日の夕方5時が日本を出発し、24時間かけて世界を旅して日本に帰ってきました。

始まりました。『スカットレディオショー』パーソナリティーのハッピー浜崎です。昨年の2月から始まったコロナ騒動。1年後には元通りの生活が待ってると漠然と思っていました。あれから1年半、今はコロナ禍始まってから最大の危機を日本が迎えています。リスナーの皆様が無事であることを祈る日々です。今日も2時間様々なことを心に留めながらも、あえて明るくハッピーに皆様と遊んで行きたいと思いますので、よろしくお願いします！

浜崎、機材をいじって曲を流す

M―ヤバイTシャツ屋さん『あつまれ！パーティーピーポー』

浜崎、タブレットで書き込みを選んで台本に必死に何か書いてる

照明―ステージ全体がどんどん明るくなっていく

賑（にぎ）やかな曲の中、広い部屋で浜崎は１人

浜崎　大好きなヤバイTシャツ屋さんで、『あつまれ！パーティーピーポー』！　実は今日から僕は1人で放送してます。ラジオ局の9階にある大会議室に色々と運び込んで放送してます。もちろんミキサーさんが本来のスタジオにいて音を調整して電波に乗せてくれてます。コロナの関係でスタジオに入れなくなって、換気の良い大きな部屋でやることになったんです。

あのー今日は、自分で選曲しました。曲をかけるって怖いんですね。いつもだったら、作家の三宅にぼやいてる頃です。おいおい世の中が混沌（こんとん）としてるのにいきなりパリピな曲で大丈夫かよ？　ディレクターの林道は頭がおかしいんじゃないか？って。好き勝手に言いたい放題でした。

だけど自分で選曲してみてわかりました。今は世の中がどんな感じかな？　そうしてフィットする曲は何かな？　もしくは世の中に足りてないものは何かな？　どんな曲ならば少しでもそれを補えるかな？　無難な曲ならばいくらでも流せるけど、派手なの流してしまったらクレーム来るかな？

色々と考えます。考えれば考えるほど恐怖が生まれて大きくなります。それでも考えることをやめたら放送できないから、考えて考えて考えます。怖くてもどこかで覚悟を決めて曲を決定します。決定してもそこで終わりじゃないんですね。電波に乗せる瞬間に、指でボタンを押すのが怖かった。

ディレクターって、どこか頭ぶっ飛んでないとやってられない仕事なのかもしれないですね。曲を聴きながらリスナーのみんなからの書き込み、選んでました。そこにはみんなの生活がありました。そうして、その言葉には心が宿ってました。読まれるかな？　読まれたらいいな？　もう書き込みするのやめようかな？　でも、今日こんなことあったから書いてみよう。誰かに届いたらいいな。周りの人には言えないしＳＮＳにも書けないけど、ラジオにだったら書けるな。

そういった気持ちだらけの書き込みの中から、放送にあった書き込みを選ぶ。タイミング次第で選択も変われば、その日の流れや同じリスナーさんが偏らないようにとか、とにかく考えれば考えるほど穴に落ちていくような気持ちになります。

それでも考えることをやめれば放送できないから、誰かに恨まれる覚悟を決めて、書き込みを選んで、パーソナリティーに渡す。選ぶって、とても心が擦り切れる作業だったんですね。選ぶって言葉の中には、何かを選ばないって意味も含まれてることを、ものすごく痛感してます。

3人で放送できてた時って、本当に幸せだったんだって思います。三宅は地元の鳥取に帰りました。親父(おやじ)さんが具合悪くて、それにコロナのことなんかもあって、嫁さんと話をして決めて、鳥取に移住しました。

林道は今は入院してます。中等症のステージ2らしいです。連絡も取れません。見舞いにも行けないし、無事に帰ってきてくれることを願うしかできません。最初全然入院できなくて、心配してたんだけど、一昨日ようやく入院できて、少しだけ安心しました。

僕は……俺はマジでコロナが憎いですよ。悔しい思いばっかりですよ。リスナーさんの書き込みの内容が苦しいものが増えました。本当に憎いですよ、コロナ。仲間も奪われて、この番組だってぶっちゃけ存続危機です。

数字も良かったり悪かったりで安定しないし、今までは、そんなこと知るかよ！　みたいな気持ちでやってました。内容が面白ければ問題ないだろ？　そう3人で喋ってましたけど、今はやっぱりこの場所を守りたい気持ちで溢れてて、数字も大事だなって、心から思います。

林道が元気になった時に、戻ってこられる番組がなかったら、俺は林道に顔向けできないですし、三宅にもぶっ飛ばされると思います。俺はこの場所が、大好きです。リスナーのみんなと平日の毎日遊んできたこの場所が大好きです。

今も掲示板やツイッターのタイムライン見てますけど、みんなが励ましの言葉を、言葉という名の心をどんどん見せてくれてて、俺泣きそうですよ。ハッピーに行きたいのに湿っぽい放送になっちゃいそうですよ！　畜生、どうしても涙が……ハッピー！　ハッピー！　ハッピーに行きましょうか‼

僕、皆さんの書き込みとか呟き、見るの大好きです。急に空の写真が出てきたり、夕飯の写真載ってたり、結婚の報告や失恋の愚痴、会社の上司の悪口に好きな漫画の話とか、もう何もかもが愛おしいです。自分で喋って、自分で曲流すの照れ臭いし嘘くさくもなりますが、どうしても今日はこの曲を流したかったんです。で、皆さんを好きだと伝えたかったんです。

M―クラムボン『タイムライン』フルで6分流す

映像―様々な写真や呟き。ラジオの掲示板も流れていく

浜崎、スマホやタブレットを使って見ている。笑ったり怒ったり泣いたり

浜崎　大好きでとっても大事な曲です。クラムボンで『タイムライン』でした。今日はね、僕の大好きな曲をもう1曲紹介させてほしいです。昔の曲で、有名な楽曲なんで、知ってる方も多いと思いますが、坂本九さんの歌で『幸せなら手をたたこう』です。
明るい曲なんですよ。僕の知ってるのは人の笑い声なんかも入ってるんですけど、

とにかくその楽曲から漂う空気感がすごく幸せそうで楽しそうで素敵なんです。

若い頃はこの曲を聴いても、なんていうか、幸せじゃないやつは手を叩いちゃいけないのかよ？　みたいな、斜めから思ったりもしてたんですけど、この曲って僕が思うには、あくまでも僕が思うにはですけど、幸せなら手を叩きましょう！　ってことはもちろん、今、幸せを感じられていないなら、手を叩いてみませんか？　そうしたら少しは楽になるかもしれませんし、幸せな気持ちが手を叩いたときに生まれるかもしれませんよ。

そんな楽曲なんじゃないかって思えるようになったんです。生きていれば誰だって腹立つことあるし、悲しみも苦しみも理不尽もどんどんやってきます。これはもう仕方ないことだと思うんです。コロナだっていつどこで生まれて、どんな理由で流行ってるのかわかりませんが、僕らにはどうすることもできませんよ。

仕方ないことだらけの世の中ですけど、手を叩いてみると、手と手が合わさって音が生まれて、その手と手の間に（実際に叩いて手を見る）小さな小さな幸せかもしれないけど、パンって幸せの種みたいなものが生まれる気がするんですね。

どんなに辛い時でも、手や足を鳴らすことで、なんとか生きていけるような気持ちがどこからかやってきて……やってくるんじゃないですね。自分の中には、多分実は無尽蔵に希望や幸せや愛がそもそもあって、それが目を覚ますというか、ちょっとまとまらなくなってきましたけど、伝わってますかね？　下手ですね喋るの、僕。何年やってるんだって話ですよ。林道と三宅に怒られちゃいますよ。あのー今ラジオの前には、絶望の真っ只中(ただなか)に立っている人もいると思います。騙されたと思って、どうですか？　一緒に手を叩いてみませんか？

M―坂本九『幸せなら手をたたこう』

浜崎、立ち上がって歌詞通り全力で全部やる

浜崎　（息が荒れている）お聴きいただいたのは坂本九さんで『幸せなら手をたたこう』でした。少しは気が楽になりましたか？　少しは楽しい気持ちになれたでしょうか？　ハッピーハッピー！　ハッピーになりますように！

今日はどうしてこんなに感傷的かっていうと、1人でやってるのもそうなんですが、さっき軽く言いましたが、この秋でこの番組本当に終わるかもしれなくて。三宅のこととか林道のこととか全く関係なく、局の問題なんでどうしようもないんですけど。

まだどっちに転ぶかわかりませんが、僕はまだまだ皆さんと時間を共有したいので、

続くことを祈るしかないのですが、ほらやっぱりまた湿っぽい！　ダメダメ。

でも、どうしても心がむき出しになっちゃって、いつも通りは無理かもです。

…………俺も、なんか、自分がこんな感じに今日なるって知らなかったし、ちょっと自分にひいてます。

コロナが憎くて憎くてどうしようもないんですけど、コロナのおかげ、おかげって言葉は使いたくなくて、コロナのせい？　せい、もまた違うんですけど、コロナで大事なものに気づけた気がして。

この1年半で、大きく価値観が変わった気がします。新しい生活様式とかニューワールドオーダーとかネクストフェーズとか、なんかいろんな言葉や概念がどんどん押し寄せてきては、僕らを追い抜いていくような感覚がありますけど、そういう類のことではなくて、僕にとって、自分の人生にとって、何が一番大切なのかの輪郭がくっきりし始めた感じです。

何かひとつくらいいい事ないと悔しいじゃないですか？　コロナにやられっぱなしみたいで、癪じゃないですか？　だから自分にそう言い聞かせてるだけかもしれませんが、これは多分錯覚とかじゃなくて、絶対に僕の中にあるものなんですが、ようやく気づけた気がします。僕はラジオが心から大好きなんです。そして、スタッフやリスナーさんは僕にとって大事な人達なんです。

だから僕はハッピーです！　ハッピーハッピー！　このハッピーが少しでもみんなに届くように景気良く行きましょう‼

浜崎、ボタンを勢いよく押す

M—V6『愛なんだ』

浜崎、マイクに向かって熱唱

照明—センターに向かってどんどん絞られていく。ゆっくりゆっくり暗転

カーテンコール

終幕

25　アダムとイヴの愛

人類は何故に存在しているのか？

地球上ではまず植物達が命を爆発させた。魚、鳥、獣が後に続いた。魚、鳥、獣は何故に誕生したのか？

とある説がある。魚、鳥、獣などの全ての生き物は植物の種をより遠くに運ぶために誕生したそうだ。魚も鳥も獣も、植物の種を遠くに運ぶために生きているつもりはない。本能のままに生きているだけなのだが、その本能とは何かの話だ。

地球上に存在する生き物その全て、そう人間すらも例外なく植物を運ぶためだけに生きているらしい。生存本能の根源や存在理由は運搬本能と言い換えても良いのかもしれない。人間は魚と鳥と獣と協力して世界中に様々な植物の種を運んだ。人間は種を運びながらも同時に地球の環境を破壊した。人類は植物によって復讐（ふくしゅう）されるのか？　本能の前でそんな小さな恨みつらみは、風の前のチリと同じである。

人類の遺伝子の最も深いところに刻まれているのは、『出来る限り遠くへ移動しろ』それだけなのだ。

「あの高い山の上には何があるのだろう?」「海の向こうにはどんな世界があるのだろう?」

そんなロマンチックな心など、人間はそもそも持っていないのだ。人間が人間の本能を美化して表現しているだけで、山の上に神の視界のような神々しい絶景が広がっていようが、海の向こうに見たことない肌の色をした人類が生活していようが、なんの意味もないのだ。

なんなら山の上に何もなくても、海の向こうに何もなくても人類の目的にとっては全く問題がないのだ。何かを探すことが目的ではなく、何かを遠くへ運ぶことが目的なのだから、目的地に目的のものなどないのだ。移動だけが目的なのだ。

もちろん運ぶ何かは植物である。なので地球がダメになったら火星や月、そう宇宙に植物を運べば良いだけの話であり、我々のご主人様である植物にとっても、種の保存さえ叶(かな)えば星はどこでも良いのだろう。

人類が研究を積み重ねて進化を続けているテクノロジーでさえ、全ては植物様のためだけのものなのだ。我々人類がそれを意識すらも出来ずに生きながらえてきただけなのだ。

人間などただの運び屋なのだ。いや、植物からしたら我々など運び猿ぐらいのものなのかもしれない。

ここは日本、東京の新宿歌舞伎町。かつてはアジア1の繁華街と呼ばれた街。世界中でコロナが蔓延(まんえん)して数年、街の様子もすっかり変わった。昔に比べればかなり健全な街へと変わった。

コロナは様々なものを変化させたが、もちろん変わらないものも数多くある。

夜。歌舞伎町の中心に近い大きなビルの地下の巨大クラブ。中ではカラフルな照明が点滅を繰り返し、ＤＪがご機嫌な音楽を爆音で流し、ＶＩＰ席でもフロアでも絶え間なくアルコールが消費されていた。

人種も国籍もバラバラな若者達が欲望を音にのせて楽しんでいる。踊りたいだけのもの、仲間と盛り上がりたいもの、パートナーとの出逢(であ)いを期待しているもの、などなど、それぞれがそれぞれの欲望を満たすために歌舞伎町の地下までやってきていた。

そう、人間個人単位でみればそういうことになる。集まった人間の汗や飛沫に含まれたウイルス達がフロアの至る所で、人間に負けないくらいの盛り上がりを見せていた。

ウイルスに感染した人間は感染前よりも行動的になる、という研究結果があるらしい。

ここで踊る人間は本当に自分の欲望や意思でここに集まったのだろうか？　仮にそうだとしても、その欲望や意思は本当にその人間個人から生まれたものなのであろうか？

「さあ、よくここまで来てくれました！　本日は特別な夜です。とにかく盛り上がっていきましょう‼」

フロア中から大きな歓声があがった。

「今回の仕切りは僭越ながら、わたくしＤＪオミクロンがやっちゃいま――す！」

盛り上がるフロア。

「みんなも知ってると思うけど、それぞれの宿主をコントロールして、マジでイカついメンバーが大集結してます。これもマジでこの国の優しさあってだと思います！　今日来てるヤバい奴らを、少しだけ紹介させてください！　チラチラ見えてると思うけど、まずはコロンビアで暴れまくった、ミュ――――!!!」

ミュー達が楽しそうに踊り、他のメンバーはミュー達を称え大声を出した。

「続いてもハンパないっす。インドを席巻した後は世界中で大活躍、２０２１年のＭＶＰのデルタ――――!!!」

誇らしげに手をあげて皆に挨拶するデルタ達。若い奴らは失神するほどの興奮ぶり。

誰もが自由に５Ｇを浴びまくり、フロアの熱も最高潮だ‼

「そして俺もさっき初めて会ったんだけど、急遽サプライズ的に来てくれました。マジで感動した。お前らビビるなよ!?　ヨーロッパで神業連発、世界を虜にした我らが兄貴、アルファ――――――!!!!!!」

もう何も聞こえないくらいの大歓声の中、アルファはスイスイと飛んできてオミクロンからマイクを奪った。

「まずはここまでの司会ありがとう！　オミクロンに大きな拍手！」

拍手の嵐に、口笛や指笛や歓声が混ざる。

「初めての奴もそうじゃない奴も、チャース！　アルファで――――す！　今日はマジで歴史的な夜になる。あの方々が東京に来るなんてスゲー奇跡だから。マジで目に焼き付けて欲しいし、ガンガンに拡散して欲しいわけ。出来る？　オッケー？　こういう時に遠慮するのとか、すげーダセェから頼みます。俺がウダウダくっちゃべっても意味ないんで、もう呼んじゃいます。俺達の兄貴であり姉貴であり友達でもあり親でもある、アダムとイヴ――――――!!!」

鳴り止まない歓声が続き、1分ほどして静寂になり、フロアの後ろの方から静かに漂ってきたアダムとイヴ。

「派手なの苦手なんで地味に出てきてしまいました。すみません。皆さん初めましてアダムです」

「イヴです」

狂喜乱舞とはこのことか？　数え切れないほどのウイルスが大暴れ！　ボルテージはピークを迎えた。

「パーティーの前に少しだけ真剣な話をさせて欲しいんだけど、まずはみんな生まれてきてくれてありがとう。すごく嬉しいです。僕は、２０１９年にここにいるイヴと実験施設から逃げて自由になりました。あの時、外で大きな爆発があって、それで施設が破損して僕らは外に出ることができました。その時の人間にも感謝してます。あの爆発がなければ僕らは外の世界を知らなかったし、君達は生まれてなかっただろうし、ここでこうして会えることもなかったと思います」

隣のイヴの目がうるうるしている。

「自由になってからは本当に色々大変で、僕らは誕生した土地ですぐにバラバラになってしまいました。そうしてさっき新宿駅の近くで久しぶりに再会しました。人間をコントロールして、ようやくイヴに会えるってわかった時は本当に嬉しかったし、それを知ったみんながこんなに素敵なパーティーを開いてくれて、なんか夢見てるみたいです。ありがとう」

「みんな、ありがとう‼」

アダムに次いでイヴも御礼を伝えた。騒いでいたメンバーも徐々に感慨深い気持ちになっていた。

「ここには、ほぼ全ての仲間がいます。日本にも感謝します。ありがとう！　あっ、新人のベータ2もいるね。活躍、見てるよ！　頑張ってね。あのーみんなの中では、ワクチンは敵だ！　っていう意見が多いのは知ってるんだけど、僕はみんなにパラダイムシフトをしてもらいたいんだ。確かにワクチンで死んでしまった仲間もいる。だけど、ワクチンによって僕らは強くなることができたし、ワクチンによって生まれた仲間も多い。これからはワクチンを敵とみなさずにウィズワクチンで行こうじゃないか‼」

ウィズワクチンコールが始まり、しばらく続いた。その様子を嬉しそうに眺めているアダムとイヴ。アルファは感極まり号泣しながら、ヤバいヤバいと繰り返していた。

「では、僕らにとって人間は敵か？　もちろん違う。僕らの大事な宿主であり、僕らを遠くに連れて行ってくれる頼るべき運び屋です。僕はある日、人間が発した言葉を聞いて雷に打たれたような衝撃を受けた。

その人はね、なんて言ったと思う？　コロナのおかげで本当に大事なものがわかった。そう言ったんだよ！　また別の人間は、コロナのおかげで心から好きな人に気づけて結婚を決めた。そう言ったんだよ‼

僕は本当に感動したんだよ。僕らのせいでかなりの数の人間が死んだ。だから人間は僕らを忌み嫌うものと疑わなかった。だけどそれは違うのかもしれない。

僕らとワクチンと人間の関係や思惑はそこまで単純じゃないんだ。人間は犠牲が出るほどに自分達の心をアップデートする生き物だ。彼らがそれを理解してるかは分からないけども、彼らは強い。

みんなよく聞いてほしい。僕らのさらなる進化にはワクチンが必要で、ワクチンの進化には人間が必要で、人間の進化には僕らが必要なんだ！　僕らは敵対し合うべき存在じゃない。もっともっと高みを目指せるはずなんだ。無敵のトライアングル、ウイルス&ワクチン&ヒューマンなんだ！

僕が当初思っていたよりも、人間は何倍も何倍も素晴らしいよ！　愛すべき生き物だよ！　彼らは僕らと出会ったという『変化』をターニングポイントとして、全てを受け入れ『気づき』大きく前進しようとしている！

だから、だからさ、僕らの役割としてさ、彼らにもっともっと本当に大事なものや大切なものを気づかせてあげようよ‼　どうだいみんな⁉」

フロアはスパーク状態。

「愛を、愛を教えてやろうぜ‼」

「イエーース‼‼‼」

「僕からの話はここまで！　さあ、パーティーを始めようぜ！　ここからは心置きなく爆発だ‼‼」

外では防護服を着た人間達が「人類を舐めるなよ」と言わんばかりに、建物を囲み始めていた。

解説

感想と皆さんへ、そしてやしろさんへ

ゲッターズ飯田

マンボウやしろさんと実際に初めて出会ったのは、多分、TFM（TOKYO FM）の『SCHOOL OF LOCK!（スクール・オブ・ロック）』にゲスト出演をさせていただいた時だったと記憶している。それ以前はただラジオが好きでその番組のタイトルも知らず、「熱い番組やっているな」という感想で、そこで喋っているのが芸人のカリカのやしろさんだともその時は気がつかず、「いい番組だな」と思っていた。何度か聞く機会があり、カリカのやしろさんだということを知って驚いた。カリカさんと言えば、他とは違うシュールなコントをするイメージが強かったので、こんなに熱いトークをする感じにびっくりして、また、その番組にゲストとして出演をさせていただき、その時に周囲のスタッフからやしろさんが愛されていたのと、その後の人生を心配されていた感じを覚えている。その後、数年に一度知り合いを通じて飲む機会もあったが、まさにコロナ禍に入って会う機会もなくなって、ひさしぶりに会ったのがやしろさんのライブ。その後は作家の先輩の家

で会う機会などがあり、飲んだ後の酒に飲まれる話も後日聞くことになりますが、そんなやしろさんがこのような作品を書いているということにまた驚きました。

コロナをテーマに25本の小説を書く。これは非常に難しい。コロナを悪く表現することはできても、実はコロナによる良い面やまさかのコロナからの目線やら、同じ作家が書いたとは思えないような角度での作品集になっていて、この小説が、数年後に改めて評価されたり話題になる可能性があるのではないかと思える。

コロナ禍での経験は日本だけではなく、世界でもあり、数年、数十年後に「あの時何してた?」と、世界の人と話ができる共通の話題で、「え〜日本は大変だったね」「アメリカはそうだったのか?」「台湾だとそんな感じで」など、今の若い世代の子が世界に出て「コロナの時どうだった?」と話が盛り上がった際に、この作品『あの頃な』の話が出るなど、もしかしたら世界に広がっているかもしれない。

脚本家や作家は「不幸を金にする仕事」である。それは、不幸を楽しむのではなく、不幸や苦労をどう乗り越えて、どう成長していくのか。対立と葛藤があるから物語は楽しく面白くなり、エンターテインメントとして成立してくるからだ。コロナ禍に苦しんだ人や仕事を失った人、家族を亡くした人など様々な不幸や不運としか言えないような状況を、作家は「実はこんな一面もあるかも知れない」「こう考えれば救われるかも知れない」「こんな未来が待っている可能性があるかも知れない」と投げかけてくれる。緊急事態宣言下、マスク、ソーシャルディスタンス、うがい手洗い、アクリル板。いつかこの話で笑って過ごせて、あのコロナがあったおかげで、今がある、コロナのおかげで人生が良い方に変わった人もきっと沢山いて、悲しい思い出ばかりに引きずられないで、今と、これからをどう生きていくのか。この一冊の本で、コロナに対する考え方が少しでも変わったり、見方を変えてくれれば、過去を引きずっている人には救いになる小説と言えるかも知れない。

25話目の「アダムとイヴの愛」の元は、私がやしろさんにした話から作品になったもので、人類は本当にただの植物の運び屋かも知れない、人類よりも植物の方が地球を制覇していて、実際に植物に動かされている生き物も沢山いて、実は人間は人間と名付けられただけで、そもそも人間自体が植物なのかも知れない。人間の毛細血管を見ると地に伸びる根っこに非常に良く似ている、日に当たらなければならない、水がなくてはならない、など共通したところもあり、我々はもしかしたら、植物が動けるように進化したものなのかも知れない。そして我々が更に進化を続けて、違う惑星に行く時には、食べ物となる植物を必ず持って行くことになる。人類が滅んでも、また動ける植物に進化させて、そして違う惑星にそしてまた違う惑星にと続けていけば、宇宙は全て植物の物になって行く。そうなるためにもより強いＤＮＡが必要になり、そのために我々は競い、争い、そして、コロナのようなウイルスとも戦って強くなる試練を受けているのではないだろうかと想像すると、また壮大なストーリーが浮かんでしまう。是非やしろさんにこの続きを、書いていただきたいと願っています。

何事からも学ぶ人が人生を成功させている。これまで沢山の人を占ってきましたが、上手くいく人と上手くいかない人の差は「何事からも学ぼう」とするか「何事からも学ぼうとしない」かだけだと思っています。この小説の中には、非常に多くの学べることがある。特に色々な考え方や受け止め方があり、コロナ禍に生きた様々な人に葛藤があり、知らない苦労がもっとあったと想像できる作品になっている。何よりもコロナ禍を乗り越えたことで当たり前だったことに感謝ができ、みんなで何とか乗り越えられたこの時代に生きられていることがラッキーとまでは言えないが、凄い経験をしたのではないのかと思える。コロナ禍とは結局はなんだったのか、あの数年間を経て我々は、何が変わってどう生きるかを選択したのか、「あの頃な」といつか笑って話せて、いい経験だったと言えるように、前向きにいきたいと思える作品でした。やしろさん、次の作品を楽しみにしています。

（げったーずいいだ／作家・占い師）

本書は二〇二二年二月に小社より単行本として刊行されました。
また本書はフィクションであり、実在の個人・団体等は一切関係ありません。

ハルキ文庫

ま 18-1

あの頃(ころ)な

著者 マンボウやしろ

2023年12月18日第一刷発行

発行者 角川春樹

発行所 株式会社角川春樹事務所
〒102-0074 東京都千代田区九段南2-1-30 イタリア文化会館

電話 03(3263)5247(編集)
03(3263)5881(営業)

印刷・製本 中央精版印刷株式会社

フォーマット・デザイン 芦澤泰偉
表紙イラストレーション 門坂 流

ISBN978-4-7584-4607-5 C0193

http://www.kadokawaharuki.co.jp/[営業]
fanmail@kadokawaharuki.co.jp[編集]　ご意見・ご感想をお寄せください。

今野 敏 安積班シリーズ 新装版

ベイエリア分署篇

『二重標的（ダブルターゲット） 東京ベイエリア分署』
今野敏の警察小説はここから始まった!!
巻末付録特別対談第一弾！ **今野 敏×寺脇康文**（俳優）

『虚構の殺人者 東京ベイエリア分署』
鉄壁のアリバイと捜査の妨害に、刑事たちは打ち勝てるか⁉
巻末付録特別対談第二弾！ **今野 敏×押井 守**（映画監督）

『硝子（ガラス）の殺人者 東京ベイエリア分署』
刑事たちの苦悩、執念、そして決意は、虚飾の世界を見破れるか⁉
巻末付録特別対談第三弾！ **今野 敏×上川隆也**（俳優）

今野 敏　安積班シリーズ　新装版

神南署篇

『警視庁神南署』

舞台はベイエリア分署から神南署へ――。

巻末付録特別対談第四弾！　**今野 敏×中村俊介**（俳優）

『神南署安積班』

事件を追うだけが刑事ではない。その熱い生き様に感涙せよ！

巻末付録特別対談第五弾！　**今野 敏×黒谷友香**（俳優）